緋彈的亞莉亞 X

Aria the Scarlet Ammo

禁忌的雙極

赤松中學

1彈　鷲鷹從天而降

——到底發生了什麼事？

在手機的螢幕上——亞莉亞、白雪、理子、蕾姬——

四個人都滿身鮮血、倒在地上。

除了我以外……巴斯克維爾小隊的夥伴們全滅了！

（怎麼會這樣……！）

一直以來，我與巴斯克維爾小隊的夥伴們總是彼此互相守護。

在那樣的日子中，我覺得我們已經可以真正稱呼彼此為夥伴了。

就因為這樣，所以從今以後也要繼續全力守護下去——

我才剛湧起這樣的想法……眼前居然就發生了這種事情！

我用顫抖的手指啟動手機的多工處理功能，企圖要將這段視訊通話的內容錄影下來。

「喂！這到底是怎麼回事！你們在哪裡！」

但是，艾馬基帶來的蕾姬手機，跟我自己的手機是不同公司製造的。

因此，要設定錄影功能時不免會多花點時間摸索。

我為了拖延時間而對著視訊通話另一端的對象——GⅢ如此質問，可是……

『從現在開始，每經過一小時就殺一個人。』

自稱GⅢ的男人並未回答我的問題。

而自稱GⅣ的少女也默不吭聲。

——這反應是可以預測到的。畢竟我剛才也問過那兩個傢伙究竟是什麼人，可是得到的回答就只是『閉嘴。過來。跟我打。』這三句話而已。

但是——

（要是現在通話被掛斷的話，就不妙了……！）

必須要問出什麼情報才行。

敵人的人數、目的、場所、武裝，什麼都行。

總之必須要得到一些情報——要不然我就無計可施、手足無措了。

而就像是在嘲笑我的焦躁般，手機畫面上映出了金屬與防彈纖維製成的手甲所包覆的手指。

GⅢ——是那傢伙的手指，他打算要掛斷通話。

「等等！你們……才兩個人，就打倒了亞莉亞她們四個人嗎！」

『——哈！才不是。』

GⅢ輕輕發出笑聲。

「那又是幾個人出手的！」

『Fourth 一個人啦。』

一個人……！

Fourth……是指GⅣ嗎？也就是說，那個——剛才**自稱是我妹妹的**——少女自己一個人，就打倒了亞莉亞她們全部嗎！

——怎麼可能。聽他在鬼扯，想也知道是在嚇唬人。要同時面對巴斯克維爾的四名女子，就算是爆發模式下的我都不可能打贏，搞不好連逃跑都沒辦法啊。

「要、要撒也撒個像樣一點的謊啦！那種事情怎麼可能！」

就在我大叫完的同時——滋——

通話……被掛斷了。

剛才這段通話是未知號碼打來的，我連回撥都沒辦法。

（……這下要怎麼辦啊……！）

就在臉色發青的我面前——嗶、嗶、嗶——

手機發出人工的電子聲，似乎是收到郵件了。

雖然這是蕾姬的手機，可是現在是緊急狀況，沒時間考慮什麼個人隱私了。

我趕緊打開郵件收件夾——看到一封夾帶影片的郵件。

郵件沒有主旨也沒有內文，信箱位址是像亂數般的一大串文字。

（在這種時間點寄來，也就是說……是GⅢ那些人……！）

於是我將影片播放出來——

影片看起來應該不是手持DVC拍攝的。

從畫面搖晃的感覺看來，應該是那兩個傢伙配戴的那副像墨鏡一樣的裝備……具有HMC（頭戴式攝影機）的功能，然後用那個機能拍攝下來的。

——也就是說，這影像是他們兩個人其中之一所看到的景象。

解析度很高，畫面鮮明。看起來太陽已經下山，所以應該是剛剛才發生的事情，而影片還有附加聲音。

場所是——都市部。是大樓樓頂嗎？不，從景象看起來應該是站在大樓外牆上的某個突起物上。這到底是哪裡？要救出亞莉亞她們的話，首先必須要判斷出所在位置才行……！

仔細觀察影片內容，在大約一百公尺遠的地方看到了彎曲的車道。

聳立在周圍的大樓以及霓虹燈，也全部呈現曲面——看起來就像是排列成一個廣大的圓形，而影片就是從那個圓形內部進行拍攝的。

那場景彷彿是世界史課堂上看過的古羅馬競技場——利用現代科學的力量巨大化之後的樣子。

接著攝影機將畫面往上抬，看到了被切割成巨大圓形的夜空。

我這下終於知道了——這裡八成是位於地底下的設施。

是一個在大地上挖出研缽狀的凹洞，然後在內部建造出來的城市。

（這是……地下城（Geofront）……！）

所謂的地下城，是高深度地下都市的總稱。

而這裡應該就是其中之一——「地下品川」了。

畢竟艾馬基能夠靠步行回到這裡的日本地下城就只有那裡了。

當我知道了這一點的同時，影片——攝影機這次將畫面轉向下方。

腳下傳來的銀白光線讓畫面變得非常刺眼，看來拍攝者應該是站在一個寫著「S」的巨大霓虹燈上。

緊接著畫面移向旁邊，照出一個人類的背影。

站在旁邊的文字——「O」的霓虹燈上的少女——

因為她的臉轉向側面，所以我看出來了。是剛才那個GⅣ。

她全身上下穿戴著消光黑的護具，眼睛上戴著紅色半透明的面罩，左肩背部上寫著「USLA-GIV」的文字。

還可以看到一把長度與她本人差不多高——大約一點五公尺左右——的銳利長刀斜掛在她背後。

那把刀……雖然看起來像是日本刀或是超大型戰術刀之類的東西，不過應該不是。鎬與樋的部分可以看到發出藍色螢光的發光線，感覺不像是普通的刀類。（註1）

『——劍強於槍（Sword beats guns）』

手機傳來這樣的呢喃聲……看著她的姿態，我啞口無言了。

這女孩子的年紀應該比我小一歲到兩歲左右，身高與體重應該也與她的年紀相符吧。

可是她散發出來的那種超然氛圍——宛如帶有引力般的存在感……

……啊啊，我知道……！我不得不知道。

我知道這樣的感覺。

這種彷彿霸氣般的東西，我知道。

（——**加奈**……！）

這個少女……跟那個人，有某種相似的感覺！

當我這樣一想，就覺得她揹在背上的那把長刀，會讓人聯想到加奈的那把大鐮刀·蠍尾。

——嘰、嘰——

註1　「鎬」是指刀刃研磨面與刀身未研磨面之間的境界線。「樋」為刀身上刻意刻出的凹槽線，目的是增加刀身的硬度或裝飾。

GⅣ頭部兩側向後凸起的兩個像貓科動物耳朵的裝置——在框架上滑動，移動到就像是真的貓耳朵一樣的位置上。
那應該是某種具有指向性的碟型集音器。她在找尋什麼東西。
妹妹頭的頭髮隨風飄逸了一下後，唰……
GⅣ從霓虹燈上將腳往半空中踏出，那態度就像是要下樓梯一樣輕鬆。
攝影者——GⅢ也跟著往下一跳。
兩個人原本所站的SONY文字漸漸拉遠——碰磅！
GⅣ降落在人行道上，在地上撞出如火山口形狀的凹陷。接著，GⅢ也落地了。
畫面中，剛才在半空中拔出大刀的GⅣ若無其事地往前走出去。
而在路上，看起來像是在違法販賣藥物或槍械的地攤商人連滾帶爬地逃離現場。
（怎麼……可能……！）
從落下時間來判斷，剛剛這兩個人至少掉落了十五公尺——不，二十公尺的高度才對。
而且完全沒有使用繩索或降落傘之類的東西……！
『我說妳呀——聽說對我的哥哥出手了是吧？那種事，簡直不可原諒。』
GⅣ說著，然後鑽進停在路旁的車與車之間——
（……蕾姬……！）

然後用沒有拿刀的那隻手抓住蕾姬的頭髮，將她拖了出來。
蕾姬抱在手上的狙擊槍上，瞄準器的護套是打開的狀態。
看來她應該是躲在車與車之間的縫隙，原本想要狙擊站在霓虹燈上的GⅢ與GⅣ。
就在這時——吼！
從車子底下，艾馬基發出吼叫聲撲向GⅣ。
『嘻嘻！』
GⅣ開心地睜大護目鏡下的眼睛，放開了手上的蕾姬。
緊接著那隻手以超乎常人的速度揮出拳頭，用拳背撞開艾馬基。
艾馬基慘叫一聲後輕飄飄地摔到車道上——
「……！」
明明現在艾馬基就在我身邊，我還是反射性地閉起了眼睛。
因為畫面中的艾馬基被道路上行走的車輛撞到了。從聲音判斷，似乎後續的車輛也撞上了牠。
——我聽到「鏘！」一聲金屬聲音而再度睜開眼睛——看到蕾姬在德拉古諾夫的前端裝上了刺劍，宛如疾風般朝GⅣ突刺。
雖然這時的蕾姬依然面無表情，不過她的動作比跟亞莉亞對戰時還要犀利。
『這種沉默女到底有什麼好的呀？哥哥也真是的。』

GⅣ一邊揮起大刀一邊躲開刺擊後，唰——

伴隨一聲微弱的聲音，刀刃輕輕擦過蕾姬的刺劍。

接著……啪！……蕾姬的刺劍脫離了槍身。

不，不是脫離，是被砍斷的。

鋼鐵製的刺劍——居然被剛才GⅣ那一下毫不費力的攻擊給砍斷了。

『是因為那個嗎？因為血氣方剛嗎！』

GⅣ揮出一腳，將蕾姬踢向背後的自動販賣機上。

緊接著朝蕾姬的方向踏出輕快的步伐，一轉。

連人帶刀，彷彿在跳舞般迴轉一圈。

伴隨著再一次「鏘！」的尖銳聲音——自動販賣機的光線消失了。

然後，被**斜線砍斷**的自動販賣機上半部往前滑落……

將蕾姬壓在底下了。

『好啦，第一隻掰掰。』

從自動販賣機下半部的內部——排列在裡面的瓶瓶罐罐全部被砍斷，裡面的飲料全部撒了出來。

（……那個蕾姬……居然那麼輕易就被……！）

還來不及讓我對這個事實感到震驚，畫面就立刻切換——

我又再度驚訝地嚥了一口氣。

在大型手槍的槍聲鳴響之中，ＧⅣ奔馳在車道上……而在她的前方，飄浮著我從沒見過的東西。

那東西配合著ＧⅣ的速度飛在半空中，看起來是長方形的珍珠色布塊。

兩塊邊緣發出白光的細長布塊，交叉成Ｘ字型飄浮著——

宛如螺旋槳般迴轉，在空中往前飛進。

（……那是、什麼啊……！）

啪！噗！磅！——

布塊一邊飛舞在空中，一邊像是從另一側被某種東西刺擊般不斷彎曲。

『——找到了！哥哥最中意的一個！』

攝影機轉動角度，看到前方是——

（亞莉亞……！）

亞莉亞以人行天橋的樓梯做為屏障，從後方不斷拿槍連射。

這下我才明白，那塊布——似乎是以自律性的動作，在阻擋亞莉亞的子彈。

簡單講就是一邊飛行一邊保護ＧⅣ的**飛行盾牌**。與過去砂礫魔女佩特拉所使用的「阿蒙霍特普的昊盾」很像，應該是防彈纖維製成的科學裝備吧？

不過，包括飄浮在空中這點在內——**布狀的盾牌**這種構思我還是第一次看到。

那並不是像佩特拉的盾牌一樣「讓子彈滑開」。我想應該是用形狀記憶合金之類的材質做成纖維狀後，織成一塊布——將子彈包覆起來，利用柔軟的特性達成「將力量消散」的原理，就好像把彈珠丟向旗布上會被包覆後掉下來一樣。

『妳到底是誰！至少要報上名號吧！』

亞莉亞為 Government 裝上新的彈匣後，衝上人行天橋的樓梯。

大概是為了讓那X型的白布從射擊線上移開，所以進行的三次元移動吧？

『那樣做**並不合理**喔，亞莉亞。好啦，出局！』

隨著GⅣ的叫聲，鏘！鏘！如迴旋鏢一樣飛出去的X型布從斜上方、GⅣ的大刀從斜下方，像切蛋糕一樣輕易就將樓梯砍斷了。

亞莉亞跟著被切成〉型的樓梯一起落下——

樓梯被GⅣ用刀背頂了一下而浮在半空中一瞬間後，接著便落在滑到地面上的亞莉亞頭上。

飛舞在空中的布塊還把信號燈像紙箱一樣輕鬆切開，讓它掉落在瓦礫堆上。

「亞莉亞……！」

這是影片，而且畫面中已經看不到亞莉亞的身影了……可是我還是忍不住大叫出來。

GⅣ所操縱的那個布狀的機械，原來並不只是飛行盾牌而已。

發光的外圍全都像是刀刃一樣，是攻防一體的兵器……！

『這樣就解決第二隻了……嗯？』

GⅣ與攝影機看向地面，地上的人孔蓋被打開了一半……從裡面伸出一隻手抓住了GⅣ的腳踝。

那隻手——武偵高中防彈制服的袖子上，裝飾著輕飄飄的荷葉邊。

（那是……理子！）

就在我察覺到的同時——碰碰碰碰！

從人孔蓋下伸出的華爾瑟P99，朝著被抓住腳踝而無法移動的GⅣ猛烈射擊。

但是，那些子彈全部——噹噹、噹噹！

被GⅣ身上所穿的護具彈開，只發出了一些小火花而已。

雖然其中一發似乎穿過了護具間的縫隙，擊中了黑色內襯的部分——

但是GⅣ只是稍微搖晃了一下身體，並沒有受傷。

她的身體除了頭部以外，全身都被防彈纖維織成的衣物保護著。

『這樣就只剩下一隻了。』

GⅣ拿出一顆美軍M67手榴彈——拔開安全栓後，像投擲棒球一樣丟進人孔中。

被擊中的理子發出叫聲並跌落下去，緊接著就傳出了爆炸聲響。

「……！」

我的額頭冒出了冷汗……接著畫面又再度切換。

這次的場所是在學園島上的公園，現場可以看到白雪與GⅣ的身影。

畫面中，街燈被砍倒、停在一旁的車輛被破壞——不，是被砍斷。

——看來這兩個人開始戰鬥後，已經稍微經過了一段時間。

白雪握著拔刀出來的色金殺女，面朝拿著那把發光大刀的GⅣ緩緩後退。

那奇怪的動作是在拉開距離，感覺就像是在避免刀刃互相砍擊一樣。應該是因為她已經見識到了GⅣ那把刀的鋒利程度，所以在防範自己的刀被破壞吧？

白雪一邊後退，啪！

一邊朝空中投出了五顆帶有紅色羽毛的子彈。

接著從制服背後拿出了一把畫有五芒星陣笠——星伽家家紋的羽子板。（註2）

『——伍法緋焰羽！』

白雪大叫著，並且像轉筆一樣用左手轉動羽子板，喀喀喀喀喀！

將落下的附羽毛子彈一顆接著一顆擊出——轟轟轟！

當中三顆冒出激烈的火焰，飛向GⅣ。

但是，剩下的兩顆似乎變成了啞彈，只是劃出一道拋物線之後就掉落到地面上。

註2　羽子板是日本傳統羽球遊藝所使用的一種類似羽球拍的木製板子。

『好勇敢喔——真可愛——我明白妳為什麼會被哥哥喜歡了，畢竟又是個美人。』

GⅣ完全不把飛向自己的火焰當一回事，而直接撲到白雪身上。

『呀！』

『可是——妳應該知道吧？今晚的璃璃色金粒子很濃，對你們這些超能力者來說是很不好的夜晚呀。』

GⅣ騎到倒在地上的白雪身上，用力想要扳開她握著色金殺女的手。

『吶，這個借我嘛。』

『不、不行！……住手！這個、不是妳這種人可以拿的東西！要是沒有這個，色金會——』

『——借我啦！』

碰！

雖然從攝影者——GⅢ的角度看不清楚，不過——突然大叫一聲的GⅣ似乎用自己的大刀刀柄毆打了白雪的臉部。白雪忍不住鬆開左手，讓羽子板飛舞到空中。

碰！磅！

『快呀！把手放開！不要抵抗呀！我不會弄壞的啦！嘻嘻、嘻嘻！哈哈哈——！』

GⅣ一邊笑著，一邊持續揮出鐵鎚地獄。

白雪雖然用手臂奮力保護身體，但是被對方騎在身上的狀態下實在無能為力——

最後，終於連刀也被搶走。

而影片——

在這邊、結束了。

「……嗚……！」

我的腦中——變得一片空白。

可是、可是、現在不是慌張失措的時候啊。

——亞莉亞、白雪、理子、蕾姬——

巴斯克維爾小隊的四個人被打倒了，被那個自稱GⅣ的少女。

而她們現在正落在GⅢ與GⅣ兩人的手中。

那兩個敵人……是我至今為止，**從未接觸過**的類型。

跟昭昭或華生那種擅長使用一般武器的恐怖分子、諜報員不同。

也跟貞德或佩特拉那些魔女不一樣，更不是像弗拉德或希爾達那種怪物。

從影片中看來，GⅢ與GⅣ是……

（……**科學**……！）

恐怕是「尖端科學兵器」之類新武裝的使用者。

——有一部分的武偵或不法之徒，會搶先於企業團體或魔術師，比任何人都還要

早一步拿到仍在研究所開發中的新素材或新技術。不管是用高價收購，或是暗中偷竊。

然後，他們會將那些新科技轉換為武器，藉以擊敗使用舊型武裝的敵人。

這些人所使用的我流新兵器全部統稱為「尖端科學兵器」，因為並沒有經過測試，所以風險相對較高……但是如果能夠順利使用的話，普通的武器完全不是對手。

就好像剛才看到亞莉亞她們的情況一樣。

——他們不只是刀劍或槍械，甚至連超能力都可以不放在眼裡。是利用高科技的新型敵人。

面對那樣的對手，連爆發模式都沒進入的我，就算單獨一人進行特攻——

一定也只會被打個落花流水而已。

（不、但是、就算這樣……！）

GⅢ——那傢伙說過，每過一個小時會殺一個人。

從他說完那句話到現在，已經經過五分鐘了。不是愣在原地的時候啊！

——碰！

我為了讓自己的恐懼稍微緩和下來，於是揍了自己的臉頰一拳。

接著，用變得比較沒那麼顫抖的手指打電話給衛生科的華生。

這次的情況，傷者的救助應該是最優先事項才對。

所以必須要求助衛生武偵——以軍隊來說就是醫務兵了。

『遠山？』

我對著立刻就接起電話的華生一句接著一句——

把連我自己都還沒搞清楚狀況的這個緊急情況轉告給她知道。

就在我說完我會將通話紀錄與郵件影片寄給她之後，華生一開始雖然啞口無言，不過——

『——我、我知道了，影片的分析我會想辦法，你馬上去準備武裝，十分鐘之後到車輛科的第6車庫來。我們一起去把亞莉亞她們救出來！』

她靠著天生不輸男人的勇敢個性，對我如此回應了。

我將貝瑞塔、DE（沙漠之鷹）以及預備彈匣收入防彈制服中——將短刀放進口袋，最後將薩克遜劍揹在背後。

然後將受傷的艾馬基拖進自己的房間——

「艾馬基，你做得很好。我立刻就去救你的主人。」

我不鎖上門而走出自己的房間後，打電話委託救護科的宗宮鶫來幫艾馬基進行治療。雖然我跟這個學妹幾乎沒有說過話，但是畢竟武偵高中裡擁有獸醫能力的學生就只有三個人而已啊。

接著當我趕到車輛科・第6車庫時，

「——遠山，快上車！」

華生的車——911 Carrera Cabriolet正好從車庫中出來。

華生一邊用右手操縱方向盤將車子開上車道，一邊用左手將標示緊急車輛的紅色迴轉燈裝在敞篷車頂上。根據修正法案，已經可以不用鳴放警笛了。

我坐進充滿肉桂香的車內後，她立刻踩下了油門。

「我們先到地下品川去。亞莉亞她們的所在地判定是……」

就在吊起明亮雙眼的華生說到一半時，從車內通話器中——

『——華生，我是貞德。遠山也在那裡吧？』

傳來貞德雖然有些急躁但仍然冷靜的聲音。

大概是華生為了分析影像而聯絡她的吧？

「是啊，剛剛集合。妳在哪裡？」

『我在秋葉原。原本是在中空知老家開的音響店，結果在那邊接到華生的聯絡。現在是靠中空知幫忙用無線電跟你們聯絡的。』

「妳能過來嗎？我現在跟華生正要趕往地下品川，但是只有兩個人太危險了。需要再找更多人——」

『不，不再增加援軍了。』

「什麼？為什麼！」

『敵人的戰鬥力凌駕於亞莉亞她們之上，帶任何人過去都只會增加傷者而已。那段影片，就是帶有這種意義的訊息。』

那是——確實，應該就是那樣。

我因為太過心急而腦袋轉不過來，不過那兩個傢伙之所以會故意送那樣的影片過來，應該就是想要表達「跟我們戰鬥也是白費力氣」的意思吧？

在無視信號燈、不斷在台場奔馳的車內，我微微咬住了牙根。

『這次的行動切忌刺激敵人。既然對方是兩個人，這邊就不能再帶更多人過去。』

「那個……我知道了。但是，現在該怎麼做？」

『將亞莉亞一行人的救出做為最優先考慮事項，向對方提出交涉。雖然是極為暴力的手段，不過他們利用攻擊巴斯克維爾隊員的方式——把你叫出來了。所以你要把對方的目的套出來，然後進行交涉。』

救援、交涉、交易——雖然不是我擅長的任務，不過事到如今也只能照做了。

在這方面來說也是跟至今為止的敵人不同，真的是有夠難對付的對手啊。

『——我是中空知。』

車內傳出甚至會讓人誤以為是新聞廣播的清晰聲音。

是常常有緣幫忙我的通信科二年級生——中空知美咲。

『已經從視訊通話的聲音中判斷出場所了。應該是品川區港東１－７－３２號、地下品川７區、柯莉安特大廈七樓的室外劇場——水色劇場（Teatro AQUA）。』

「──到這邊還算幸運啊，車子可以直接開到大廈。」

華生將得到的情報輸入行車導航器中。

接著用力踏下油門，讓911 Carrera Cabriolet開上了首都高速公路。

地下品川在經濟泡沫期完工後，因為無法籌措接下來的工資……最後只在地上留下一個圓錐形的大洞之後便長久遭到擱置。跟過去的學園島或是現在的空地島一樣，是第三經濟部門的崩壞而遺留下來的──單純的一個巨大洞穴。

雖然之後在內部有藉著再開發的名義勉強建出了一個城市，不過……

「這地方看起來就跟布魯克林區一樣。讓我回想起在紐約武偵高中時代的事情啊。」

從車窗環顧四周的華生如此說道。正如她所說──這地方充滿了空地、廢棄大樓以及挖掘工程中斷而留下的地下道等等，治安惡劣程度是都內首屈一指的地區。

就在我們沿著螺旋狀的車道往下行進的路途中，也到處可以見到風俗店的招牌或霓虹燈，像捕蚊燈一樣閃閃發光，而且當中將近一半都不是日文的招牌。

「畢竟地下城的特性是『難以被發現又容易逃竄』啊，所以似乎有很多來自亞洲各地的不法之徒搬到這個地方來了。」

因為這裡同時也是駭客或非法無線電的賊窟，所以到處都是被戲稱為「電波颱風」的違法電波亂竄。貞德跟中空知的無線電通信也因此變得雜音重重，我們不得已只能中斷了通訊。

顯示煙霧指數情報的巨大電子看板，本身就已經被滯留在地下城裡的排放廢氣給燻黑了。地下水與垃圾處理系統似乎也不完善，到處看起來都很不衛生。

華生開著車穿梭在如此混雜的地下品川中——

「——到了，就在這裡的七樓。」

接著將車子停到一棟大樓前。大樓聳立在毫無意義地照射著天空的照射燈旁邊，極盡奢華的屋外裝飾與剛才所見的景象完全不同。

「——走吧。」

面對拉起槍栓的我——

「千萬不要過於激動啊，遠山。要冷靜對應。」

明明自己的個性也有些激進的華生對我如此忠告。

大樓似乎是休館日，因此正面入口的大門深鎖著。

我跟華生兩人協力，靠著繩索攀爬到了二樓的陽臺後——因為不知道室外劇場的現場亮度——閉上左眼讓它習慣黑暗，並且利用樓梯爬到八樓。

「就是這裡，進去吧。」

因為沒辦法使用眨眼信號，於是華生在劇場入口附近小聲對我說道。

逃生口的誘導燈在我們的臉上照下黃綠色的燈光。我們盡可能不發出聲音，輕輕推開厚重的門板……

室外劇場除了舞臺上方有天花板之外——觀眾席都是露天的。

因為四周的大樓與霓虹燈的光線照射進來，所以也不算是完全黑暗。不過現場的照明都被關閉，而顯得一片昏暗。

我們將已經習慣暗處的左眼睜開——

看向舞臺上，便見到亞莉亞她們就跟剛才的視訊中看到的一樣，全倒在那裡。

其他……沒看到任何人，就連聲音都沒有。

我跟華生兩個人爬上舞臺，奔向那四個人身邊。

「亞莉亞、白雪……理子、蕾姬……！喂……！」

「遠山，不要慌。我來診斷，你負責警戒四周。」

華生說著，就開始確認那四個人的情況……

於是我只能環顧四周，保護包括華生在內的所有人。

「看來四個人都還活著。」

當華生這麼說完——

「不會殺掉的啦。」

突然，從觀眾席的最前列傳來了回應聲。

「——華盛頓・哥倫比亞特別區法第五五〇九D條、上院法第八八〇七條——於華盛頓DC獲得證照的武偵（Detective Armed），不論任何情況下皆不允許殺害人——哼，雖然老子們的情況是有附加規則許可，所以要殺也是可以殺啦。」

那聲音彷彿魔獸的低鳴般充滿了魄力。

「唔……！」

我轉過頭去，看到在前面數去第二列、中央的座位上——

明明已經確認過沒有任何人影的地方——

剛才在視訊中看過的GⅢ就坐在那裡。

GⅢ將腳上看起來像靴子的護具靠在前排座椅的椅背上，似乎在閱讀什麼書籍。面對手上拿槍的我，他完全不警戒，甚至連看都不看一眼。

「當心啊，遠山……！搞不好另一個人也在附近！」

正當華生說著，並將手伸向 SIG P226R 的時候，

「——你在說我嗎？」

這次是頭頂上——

從橫貫舞臺上空的照明燈軌道上傳來了聲音。

「……！」

GⅣ……！

是剛才那段影片中的主角、單槍匹馬把亞莉亞她們全員打敗的少女。

塗裝成消光黑色的護具上，到處可以看到螢光藍色的光線。

「你、你們到底是何方神聖！GⅢ，照你剛才的發言——你是美國的武偵嗎？」

「感到榮幸吧。極東戰役——我們打算也陪你們玩玩你們的遊戲啊。」

華生警戒著不回答問題的GⅢ，而我則是警戒著GⅣ的動靜。

GⅣ對我露出熱情的視線後，嘰、嘰。

移動了戴在頭上的那雙像貓耳朵一樣的探測器。

「……啊……」

就像是跟著她發出的微小聲音連動一樣，飄飄地……

脖子後的頭髮髮根緩緩蓬起。

看來在構造上只要那個戴在頭上的裝置啟動，脖子後的散熱風扇就會排出空氣的樣子。

「……果然，好棒……好悖德……」

GⅣ彷彿除了我之外什麼都看不到似地，集中精神用兩眼注視著我。

露出陶醉的笑容微微顫抖，就好像因為狂喜而無法自拔了一樣。

那樣子猶如一隻眼前看到獵物的野獸。

「Ⅳ，把面罩拿掉。遠山金次的招式應該跟我很像，不要留下紀錄。」

ＧⅢ從觀眾席上這麼說完後，ＧⅣ對著他點點頭——唰——

用宛如把瀏海往上撥一樣的動作，把那副看起來像紅色墨鏡的ＨＭＤ（頭戴式顯示器）摘除了。

在昏暗中看到她的臉——

「……唔……」

是個幾乎會讓人忍不住停下呼吸的美少女。

整體看來很孩子氣，年幼的容貌果然怎麼看都只有十四到十五歲左右。

充滿自信的眼眸炯炯有神，眼睛是黑色……不，是稍微帶點藍的深海色。鼻梁堅挺，粉紅色的嘴唇惹人憐愛。

但是——她俯視我的那張表情，卻充滿了燃燒般的**慾望**。

她的臉上帶著比年齡更成熟的情感，筆直地凝望著我。

從那不協調的感覺中……

散發出某種渾黑而異常、蘊含著狂氣的氛圍。

「Ⅳ，這傢伙的話——妳應該能進入吧？」

「嗯、嗯！那、我可以試試看嗎？」

「就試試看吧。」

ＧⅢ與ＧⅣ交談完之後——

「——！」

GⅣ如鷲鷹般從天而降。

——朝著我落下。

「遠山！」

就在華生叫出聲音的同時，我翻滾到地板上，躲開GⅣ的雙腳。

GⅣ落地的地方，地板被破壞得碎片四散。

當我在不得已下準備拿起貝瑞塔開槍時——

「我一直好想見你呀，**哥哥！**」

GⅣ的下段踢如閃電般擊中了我的右膝。

「——嗚喔！」

我跌倒在舞臺上——站不起來了。

護具似乎是用杜拉鋁合金製成而顯得輕量，不過她的腳力本身非常強勁。

雖然我多虧強襲科時代的訓練而保住了骨頭，但可能已經傷到韌帶。

「站起來。吶，站起來嘛。我不會用單分子震動刀也不會用磁力推進纖維盾啦。我不會殺你的，站起來嘛。我們來玩吧。」

GⅣ露出如鮮花綻放般的笑容，走到我的面前。

接著——

磅！

就在我將腳從原本位置移開的瞬間，那裡的地板被她一記垂直落腳給整個踏破。

「不用故意演得自己很弱喔，哥哥。」

「妳、妳在說什麼啦……！什麼叫『故意演』啊……！」

GⅣ保持著笑臉，但是卻兩眼僵直地走近我。

「我的哥哥怎麼可能這麼弱嘛。」

「我、我才沒妳這種妹妹！」

威嚇射擊——

當我這麼想而舉起貝瑞塔，可是GⅣ卻只是苦笑了一下而已。

她不怕槍，完全不怕。

就在我準備扣下扳機時——

「夠了，Ⅳ。」

剛才一直都在旁邊靜觀舞臺動靜的GⅢ，也無視於舉槍對著自己的華生，站起了身子。

「呿……我還以為到達狂怒就有辦法的說！」

GⅢ用力搔著後腦袋自言自語著。

（狂怒……？）

是指爆發模式的延伸系——

狂怒爆發的事情嗎？

「咦？已經結束了喔？」

GⅣ睜大了眼睛來回看著我跟GⅢ。

「沒錯，我已經明白了。跟這傢伙沒有戰鬥的價值。」

「不要啦，Ⅲ！我還想再跟哥哥戰鬥呀。我想多理解哥哥、再讓彼此認識得更多更多呀。」

GⅣ伸出手指指著我說道，接著當她握住插在胸口的格鬥刀時——

「Ⅳ——！妳敢不聽我的命令嗎！」

GⅢ的吼叫聲響徹整個劇場。

一瞬間，我跟華生也忍不住睜大了眼睛。

「……嗚……！」

這、這個氣勢——

我知道。這個、我也知道。

這種像鬼又像龍、遠遠超越人類程度的殺氣……！

就像不是加奈的時候的大哥，以及——被稱為「寂靜之鬼」的——

（老爸……！）

在武偵制度還沒導入日本前，直屬於法務省的武裝檢事並殉職的……我的父親，

遠山金叉……！

那表情是在影片中、以及在攻擊我的時候，都未曾表露出來的……

被GⅢ大吼的GⅣ，全身**不斷發抖**……！

明顯的——恐懼。

那是在害怕的表情。

「……對、對不起……！我、我只是、稍微……玩、玩過了頭而已。就只是那樣。

對、對不起……！」

GⅣ面對著GⅢ後退身體，臉上冒出冷汗，膝蓋不斷發抖。

（……她的意識從我身上離開了……！）

就在我察覺到這點的瞬間，立刻靠著我在強襲科培養出來的習慣而做出行動。

反射性地將貝瑞塔的槍口對準GⅣ——就在這時，

「住手，遠山！不要再出手了！」

華生抓住了我的手。

接著將右腳無法使力的我撲倒在地上，

「你有看到剛才——那個女的恐懼的樣子了吧……！那個男的，比單槍匹馬擊敗巴斯克維爾全員的那個女的——**還要更強啊！**」

華生在我耳邊快速說著。

「壓抑下來，遠山！現在的狀況就如貞德所說的啊！那兩個人，只要想殺就可以殺掉我們！變成那樣的話，可就連救出亞莉亞她們都做不到了啊！」

「……嗚……！」

華生說得——完全正確。

我們不但打不贏，而且重要的是，我們必須要把亞莉亞她們救出去才行。出手戰鬥是錯誤的選擇。

可是……！

面對GⅢ與GⅣ這兩個人——我不知道為什麼，就是會湧出一股超出理性的憤怒，會忍不住變得激動起來……！

「我知道，遠山金次。」

GⅢ將寫著USLA-GIII的背部護具轉向我們，一個人準備離開劇場——他的身影隨著「滋滋……」的聲音……

漸漸消失了。

他慢慢變得透明，就跟我在宣戰會議那晚看到的一樣。

「光曲折迷彩……！已、已經實用化了嗎……！」

看到那一幕的華生，流著冷汗叫道。

「遠山金次，你對我們感到很火大。可是相反地卻在無意識中也覺得『啊，太好了，可以免於一戰』……所以又更加火大。我說對了吧？」

「你說什麼……？」

「要不然你就開槍看看啊。我想你應該還稍微可以看到我在哪裡吧？」

幾乎要變成透明的GⅢ「碰！」一聲踢破了劇場厚重的門板——

「Ⅳ，如果金次還沒對『王者（Regalmente）』覺醒的話，必須要讓他習慣HSS才行。你們兩個都是吊車尾，妳給我去跟那傢伙一起熟悉HSS再過來。從現在開始，作戰移轉至程序γ（gamma）。下次——等你們成為『雙極兄妹』之後，我再跟妳會合。」

GⅢ說著一段包含HSS……爆發模式在內、讓人搞不清楚意義的話。

接著，當他說完話的同時——

身影已經無影無蹤了。

消失了，明明、剛才就還在那裡的……！

GⅢ消失之後——GⅣ一小步、一小步地，

踏著完全沒有氣勢的步伐，穿過我跟華生身旁……

走到倒在地上的亞莉亞她們身邊，然後對我們露出天真無邪的可愛笑容。

「——我已經叫車來了。把騷擾哥哥的壞蟲們都關到醫院去吧。」

露出笑容的GⅣ……

似乎已經沒有繼續戰鬥的意思了。

就算如此，我依然沒辦法鬆下警戒。

「誰……誰是妳哥哥啦。我哪能信任妳啊……！」

我用手壓著剛才被踢到的右膝，並且瞪向GⅣ背上的大刀——

「嗯……那就這樣吧。」

嘶——

從她身上的護具各處猛烈噴出像水蒸氣一樣的東西。

緊接著，嘩啦嘩啦，GⅣ的裝備，包括那把大刀……全都被拆了下來。

留在身上的只剩下——像滑雪靴一樣的鞋子——以及緊緊包覆全身的黑色內襯衣物了。

那套內襯似乎是薄如絲襪的最新防彈纖維製成的……讓GⅣ那一身尚未成熟的身材曲線明顯浮現出來。

在腰上可以看到一圈內在美造成的線，而且連條紋花紋都可以清楚看到，上面則

是……看、看起來、沒有穿啊！

從嚇得睜大眼睛的我背後，

「……啊！不、不准看啊，遠山！」

唰！

華生用雙手遮住了我的眼睛。幹、幹得好啊，華生！

「那個、遠山──你有妹妹嗎……？」

「沒、沒有。我確定沒有！是那傢伙自己自稱的！」

我強硬否定之後，從華生的手下鑽出來。

盡可能不要看向GⅣ的方向，並且在倒臥的亞莉亞她們身邊跪下。

「那麼，來把這些人搬走吧。搬去那個叫『武偵醫院』的地方就可以了吧？」

GⅣ說完後，就像抓小貓一樣抓起亞莉亞跟蕾姬，扛到自己的雙肩上。

看來這孩子是真的……打算要救助被自己打倒的這四個人。

我將昏厥的白雪揹在背上後，

「……傷勢不像外表看起來那麼嚴重，四個人都是。」

揹起理子的華生在我耳邊小聲這麼說。

「──今晚我放水了，因為Ⅲ命令我那麼做。」

GⅣ似乎聽到了華生說的話，而對我們拋出可愛的媚眼。

……這少女到底強到什麼程度啊？

在戰鬥中「放水」是非常危險的行為。雖然說起來簡單，但實際上做起來很難。

尤其是面對攜帶武裝的對手，如果不是有明顯的實力差距根本做不到。

而她……彷彿理所當然地就做到了。

「妳似乎很聽GⅢ的命令嘛，他比妳強嗎？」

面對巧妙進行試探的華生，GⅣ瞥了一眼。

接著——

回答出我們剛才**判斷**出來的那個——如果可以的話希望是我們猜錯的——答案。

「是呀，強很多。而我——絕對不會違逆比自己強的人。」

大樓入口車道上停了一臺黑色塗裝的悍馬吉普車（HUMMER），旁邊站著一名身穿西裝的白髮男子，深深一鞠躬。

「——Ⅳ大人，您表現得非常漂亮。」

男子抬起臉……那表情像是抽搐般扭曲著。

看起來背脊也伸不直，依然彎腰駝背。雖然他是一名剛邁入老年的白人，不過那駝背的樣子並不是因為年齡造成的。大概是某處的神經系統有障礙吧？

「謝謝，安格斯。Ⅲ呢？」

ＧⅣ將亞莉亞跟蕾姬丟入那名男子打開的後車門中，接著對著那名老人……安格斯用一副很偉大的口氣詢問。

「已經乘坐著洛嘉駕駛的 Gumpert Apollo 前往加利恩了。」

「Ⅲ真的很喜歡鷗翼車門耶——」

「您說得是。想必是對那外型感到美麗。九九藻則是在海參崴待機著。」

老人用帶有古風的日語說著……剛才，提到了我們沒有聽過的人名。

包含他在內，ＧⅢ與ＧⅣ似乎還有同伴，而且是複數。

「遠山大人以及……那位男士，請問是要駕駛自己的車回邸嗎？我們這就將各位女士們送往武偵醫院。」

老人露出笑容對著我們說道，於是——

華生轉身面朝ＧⅣ與老人的方向。

「我理解你們已經沒有戰鬥的意思了，不過並不代表我們就信任你們。ＧⅣ過來坐我的車。遠山，你去坐那邊的車。」

我雖然也想過要從車輛科叫車出來，但是萬一回程上出事的話，就會被牽連進去。而且，我們也應該趕快把亞莉亞她們帶到醫院去才行。

就如華生所說，將手無寸鐵的ＧⅣ抓為人質……我們分乘兩臺車前往醫院可能會比較好吧？

看到我點點頭後，華生「唰、唰」地快速對老人進行搜身，而看到這一幕的GⅣ輕輕笑了出來。

「真不合理，安格斯才不會帶武器呢。」

「別囉嗦，妳過來坐這邊。話說在前頭，我的保時捷可是有自爆功能的，不要做什麼可疑的舉動。」

「會直接一路到醫院啦。不過話說回來……華生，你的臉很可愛呢，好像女孩子一樣。」

GⅣ不知道為什麼對著華生那張確實很可愛的臉狠狠瞪了一眼。

「──！妳妳妳妳太失禮了！我是男的！我再強調一次，我是男的！我・是・男・的！」

喂、喂，華生。

不要滿臉通紅地否定啊。

妳這樣根本就露出馬腳囉？

再說，原來那臺保時捷有自爆功能啊？我以後再也不想坐它啦。

「唉──以後是不是連哥哥的男性朋友都必須要斃掉才行呀。總覺得兩個人好像很速配呢。就是有那種呀，那種男生配男生的。」

「妳……妳在、想什麼、奇怪的事情啦！變態啊！」

華生把臉逼近GⅣ，甚至連口水都快噴到對方了。還是先別管她了吧……我將理子與白雪搬進悍馬車後，自己也坐到那張乾淨到連一粒塵埃都沒有的副駕駛座真皮椅上。

大概是連腳的行動也不太方便吧？老人安格斯一拐一拐地繞過來，坐上駕駛座……

我依然沒辦法信任他，於是忍不住瞥了他一眼。

「——請您無須操心，遠山大人。我只是Ⅲ大人的執事而已。」

他扭動脖子將臉轉向前方——

讓看起來像軍用車一樣的悍馬車滑順地出發，那技術甚至比任何駕駛人都還要優秀。

前往學園島的途中，老人的駕駛就像是在載送王公貴族一樣小心翼翼，也很規矩地遵守著交通號誌。

我偷偷瞄了一下他的側臉……

雖然眼皮抽搐扭曲，不過眼神就像草食動物一樣溫馴。

（看起來不像壞人啊……）

他剛才自稱是GⅢ的執事。

既然如此，我如果現在說了任何話，他應該都會傳達給GⅢ知道，搞不好會造成我未來的不利。

想到這一點，於是我一路都保持著沉默──

順利到達武偵醫院的夜間入口後，將亞莉亞她們搬進醫院內了。

本身也擁有英國醫師執照的華生只對我留下一句「不要鬆懈警戒了」之後，就進到醫院裡面。而安格斯則是很恭敬地鞠了一個躬，然後就開著悍馬車離開──

最後留在醫院前車道上的，就只剩下我跟……

莫名其妙站在我旁邊的GⅣ了。

仔細一看，GⅣ在那件有失體統的內襯衣上又套了一件長身風衣。那風衣似曾相識，應該是華生的衣服吧？

「可以兩人獨處了呢，哥哥。」

GⅣ說著……然後用莫名陶醉的眼神抬頭看向我。

跟我的視線對上後，開心地瞇起了眼睛，那舉動確實就像個十四、五歲的少女。

在晚風吹拂下，從她的頭髮傳來牛奶糖的甜蜜香氣。

「不、不要靠我太近。還有，我根本就沒有妹妹。」

「有啊，不是就在這裡嗎？」

「我就說不要靠我太近了！」

「──好啦，既然哥哥這樣說的話，要分開一晚也是沒關係的。畢竟我也有很多東西要準備才行。」

「……準備？準備什麼？」

「祕．密。總之，今晚就——**這樣一來，事件落幕了**，這樣。」

面對一臉狐疑的我，GⅣ頑皮地送了一個秋波。

接著轉身背對我，踏著開心的腳步走出林蔭步道。

——從雲縫間透下來的月光，若隱若現地照著她的身影。

2彈　師團會議

到了深夜，我接到華生打來通知的電話……

亞莉亞她們的傷勢，最後檢查起來並沒什麼大礙。

又是被瓦礫堆壓在下面、又是被手榴彈炸到，可是居然只受了輕傷就了事，那頑強的生命力該說真不愧是巴斯克維爾的女人啊。我雖然感到有點啞口無言，不過哎呀，總算是鬆一口氣了。

不過為了保險起見，那四個人還是被安排要在武偵醫院住院一周。被車子撞了兩下的艾馬基也是一樣。

然後到了隔天——

還來不及好好休息，我馬上又接到貞德說『針對GⅢ與GⅣ的事情，要召集師團的成員進行會議』的聯絡。

另外，這天的放學後有舉辦萬聖節活動（聽說因為十月底是休假的關係，所以改到今天舉辦了）……教務科發出指示，要求學生們如果要外出就要打扮得像個樣子。簡單講就是要扮成鬼怪之類的裝扮就是了。

雖然我實在沒那種心情，不過要是只穿著制服的樣子被鬼教師抓到的話，一定會被揍得讓整顆頭看起來就跟鬼怪一樣。那樣一來，別說是參加會議了，搞不好連我都會被送到醫院去。

因此，我只好跟裝備科借了一件「隱士服」當中的附頭套長袍，打扮成黑鬼的樣子前往參加會議。

做為會議場所的「家庭餐廳・洛克希」在楓蔭步道有擺設露天座位，而在現場──「師團」的成員都到齊了。

我雖然走路是沒什麼問題，不過被GⅣ踢到的右膝蓋還是會痛。

因為準備衣裝的事情而打從一開始就有點快遲到的我，又因為膝蓋的關係沒辦法跑步──結果沒趕上約定好的三點，稍微遲了一些才到達貞德他們所在的地方。

「抱歉遲到了，你們可能看不太出來，不過是我啦。」

身為巴斯克維爾唯一倖存者的我戴著幾乎蓋住臉部的頭套，買了一杯烏龍茶後，來到圓桌邊……

「你遲到了，遠山。你啊……平常就已經夠陰沉了，居然又打扮得更灰暗啊。」

伊・U鑽研派餘黨──貞德・達魯克手上拿著咖啡杯轉過頭來。

貞德在右眼下面貼了雪結晶形狀的閃亮貼紙、頭上戴著黑色的尖頭帽、手上拿著前端是星星狀的短杖，一看就知道是打扮成魔女的樣子。

喂喂，既然是真的魔女就不要扮成魔女的樣子嘛，稍微有點創意行不行？

「喔，遠山家的，聽說汝遇上不幸啦。膝蓋還無恙乎？」

而另一位更沒創意的就是——

把藏也不藏的尾巴彎成「？」型向我詢問的玉藻，穿著紅色短裙風格的和服而只是假扮成妖狐的樣子而已。或者說根本就沒有在假扮，因為她本來就是一隻妖狐，也太輕鬆了吧？

而且平常用帽子遮起來的耳朵也全都露出來，這樣沒關係嗎？

唯一能稱得上是在變裝的，就是黏在她臉頰上左右各三根的黑鐵絲假鬍鬚……可是因為黏得很不牢靠，剛剛轉頭過來的時候就掉了一根喔。

另一方面，代表自由石匠的華生則是……

「遠山，我也是，雖然你可能看不太出來，不過是我啦。」

似乎把創意的方向搞錯了，居然把傑克南瓜燈——大顆的南瓜挖空後做成面具的東西——就這樣套在頭上了。

……套著那種東西，南瓜的味道不會難受嗎？

脖子以下穿著白色雨衣一樣的東西，確實會讓人認不出來是誰啊。她開口說話我才終於認出來了。

『哎呀，各位，真是不吉祥的裝扮——不過，看起來很可愛喔，呵呵。』

我聽到這段輕飄飄的聲音，於是看向放在桌子上的筆記型電腦……

畫面上，梅雅似乎在用Skype之類的視訊功能在通話的樣子。

她是以梵蒂岡使者的身分參加極東戰役的修女，同時也是加奈在羅馬武偵高中留學時的學妹。

梅雅她……看著變裝得不三不四的我們，露出彷彿在照顧幼稚園兒童的保母般的笑容。真是讓人有夠難受。

仔細一看，梅雅背後可以看到教會的窗戶外面是一片黑暗，看來是有時差的。

「雖然感覺有些性急，不過我們這就開始進行師團會議吧。昨天，隸屬『師團』的巴斯克維爾小隊——當中有一名成員同時也是烏魯斯士兵——的四個人被應該是『無所屬』的GⅢ以及他的手下GⅣ打敗了。」

貞德很熟練地開始說明現況……她似乎有像團體領導者、或者說像能幹上班族的一面。

「昨天，開車回來的途中我從GⅣ口中問出來了——他們之所以會以地下品川做為據點，似乎單純只是因為在那邊發現了蕾姬的蹤影。包括蕾姬在內，亞莉亞她們在被襲擊之前都未曾跟GⅢ他們有過接觸。也就是說，全部都是奇襲。」

南瓜人華生補充說明。

「——就算說他們人數少，但是這種偷襲的做法還是很難原諒啊。」

貞德眨了眨她的藍眼睛，把細紗與絲緞做成的蓬蓬裙底下的腳換邊蹺了起來。

「他們似乎不覺得卑鄙的手段是羞恥的行為，思想上認為只要能贏就什麼都沒問題的樣子。」

也不想想自己曾經做過什麼事情，南瓜華生如此說道。

「那現在要怎麼做？GⅢ與GⅣ現在是各自分別行動，要趁機出手嗎？」

當我立刻切入核心後——

嗯……？

怎麼、大家好像都把視線別開了，就連螢幕上的梅雅也是。

搞什麼啦，你們？

「……」

唯一一個把眼睛閉起來的玉藻「滋——」地喝了一口哈密瓜蘇打後，

「——咱能理解汝因為同伴被打倒而變得激動，但是不要讓咱太失望啊，小鬼。咱問汝——遠山家的，汝打得贏嗎？」

她睜開圓滾滾的眼睛，露出銳利的——非人類所特有的特殊眼神。

「那是……」

「方才，咱聽華生說過了……巴斯克維爾的姑娘們，似乎對GⅣ一點辦法都沒有。

而他們的大將──GⅢ則還要更厲害。若是汝認為自己依然可以打贏的話，倒是說說看要怎麼打贏吧。」

看著把尾巴豎起來輕輕撫摸椅背的玉藻──我不禁結巴起來了。

「……具體來講的話、那個……我還沒辦法立刻想出什麼方法啦……」

「遠山家的，莫要忘記規矩。『戰役』中無論何時、無論誰向誰挑戰都是被允許的。那廝的手段雖然骯髒，但是並沒有做錯。」

「那妳的意思是不要跟他們戰鬥嗎！自己的同伴可是被他們用卑鄙的手段偷襲了啊！」

就算我用力皺起眉間，

「偷襲？那又如何？這可是戰爭啊。」

玉藻也依然一派輕鬆地這麼回答。

「什麼……！」

「所謂的戰爭即是這麼一回事。與推崇公平競爭的運動項目不同。再說，戰爭不是在打架，自古以來，浴血爭鬥之後亦有很多必須和解的事情。」

玉藻說著並瞪向我──而我卻完全無法反駁。

這個……該死的妖狐。

明明外表就跟低年級小學生一樣，居然敢反駁高中生啊。

「遠山家的，為什麼最後是汝這一點咱是不懂——不過巴斯克維爾小隊中只有一個人毫髮無傷地被留下來。這是對方的一種口信，在誇示了『我們很厲害』之後，還留下一個使者——GⅣ到巴斯克維爾了啊。」

「可是那些傢伙是敵人啊！敵人放著不管沒關係嗎？」

「敵人？那麼咱問汝，GⅣ現在可有表明敵意？她不是脫下甲冑、放下刀械了嗎？他們現在並沒有真正對師團表現敵對意識，還留下了交涉的餘地。這邊不可隨隨便便就自個兒破壞這個機會啊。」

「那是……唔，是這樣說沒錯啦……」

「而且聽起來，他們用的武器是『科學』，是一群稀奇古怪的傢伙啊。」

妳的存在才真的是稀奇古怪吧？

我把差點脫口而出的話又吞回肚子裡了。

「科學的使徒與咱們——魔女或鬼怪——是很難對打的。再加上，現在璃璃色金的粒子又很濃呀。」

玉藻鼓起腮幫子，露出不太愉快的樣子。

「璃璃色金……？」

我記得，那好像是在蕾姬故鄉的一種色金。

以前，藍幫的昭昭三姊妹挾持新幹線的時候好像聽過「會釋放出一種看不見的粒子，讓超能力者的能力變弱」之類的事情。跟那個有什麼關係嗎？

貞德轉頭看向只知道一些片段知識的我，

「──雖然這可能是一件很難理解的事情，不過璃璃色金會釋放出一種能讓超能力者變弱的粒子。就好像灑錫片可以讓雷達無法使用一樣，只是比較讓人困擾的是……它的作用是非常廣範圍的。」

「廣範圍？」

「足以影響地球表面約1／3的面積。就在文化祭的那段時期，那個強度又再度增強了。現在，日本也在它的影響之下。」

貞德剛才說這是一件很難理解的事情，確實說得沒錯。

居然是地球規模的超能力妨礙現象啊？

對於不是超能力者的我來說是超乎想像範圍的事情，是科幻世界、幻想世界的事情。

不過……

回想起昨天看過的那段影片，確實白雪在使用像羽毛球之類的鬼道術時就失誤了。

如果那樣的現象也出現在玉藻或貞德身上的話，師團的戰力應該會大幅下降吧？

「也就是說，現在時機也很不好，若是戰鬥的話咱們搞不好會全滅喔。」

「那……妳說要怎麼樣啦，玉藻？」

「拉攏。」

「……什麼？」

「首先是GⅣ，然後是GⅢ——要將他們拉攏到『師團』來。」

「妳說……什麼……？」

「在『戰役』中，把他們那樣強力的『中立』或『無所屬』對象拉攏進來比較有利。就跟檯面上的戰爭是一樣的。」

「別、別開玩笑了，對那種人，妳說是要怎麼說服他們加入同伴啊！」

「拉攏的手段不是只有對話而已，自古以來，為了那樣的目的，有過使用金銀財寶、權力、異性等等各種手段。過去也有過為了那樣的利益而高唱中立的傢伙。有句非常無禮的諺語，叫做『要抓狐狸就用油炸物』（註3）。只要能知道GⅣ的喜好，或許就能用那個當誘餌將她拉攏為師團的士兵。」

那傢伙會喜歡的東西……？

在歪著頭思考的我眼前，華生抬起她的南瓜頭。

「遠山，關於這件事情，有事要跟你商量。」

「什麼啦？」

註3　「狐獲るなら油揚げで（要抓狐狸就用油炸物）」，日本傳說中狐狸或狐仙、妖狐最喜歡吃的食物就是油炸物，因此會有這樣的一句諺語。

「那個，就是說……那個叫GⅣ的女人啊……昨天在車子上，一直在說她對於能見到你這件事感到開心得無法自拔……說得連我都覺得很害羞啊。也就是說，她似乎對你非常中意的樣子。」

「……所以又怎樣？要我趁機偷襲她嗎？」

「不，不是。我想說的是——那個、簡單講，就是羅密歐啦。」

「羅密歐……？」

我差點就把烏龍茶的杯子打翻了。

所謂的羅密歐——是武偵用語的一種，就是**男版的甜蜜陷阱**。

為了對付正面交鋒時難以對付的女性目標，而派出那個女人可能會喜歡的男性並接近她……

利用**色誘法**，讓對方叛變，或是套出機密的一種手段的隱語。

但是這方法比甜蜜陷阱的難度還要高，東京武偵高中也沒有專門的學科。如果我記得沒錯，全世界設有專門學科的也只有柏林跟曼谷的武偵高中而已。

當然，我對於那種手段根本是一竅不通。基於「爆發模式」這種生理上的理由，我甚至連相關的書籍都沒有讀過。

居然把這種工作丟給我做，華生，妳也太不正常了吧？

「少鬼扯了，這個南瓜頭。巴斯克維爾小隊可是被GⅣ襲擊而受到直接傷害的受害者啊。就算先不管那件事，對於那種危險的傢伙——」

「那你有什麼其他方法嗎？我們現在就只剩下這個手段了啊。而且，雖然外表上看不太出來，不過論實績的話，你應該很擅長勾引女人吧？從亞莉亞開始算，像白雪、像理子、像蕾姬、像中空知，還有其他一堆。」

南瓜華生莫名用話中帶刺的語氣說完後，其他人就……喂、喂。

為什麼大家都要看著我啦？

用那種好像看著累犯好幾次的犯罪者一樣的眼神。

『哎呀……那麼多呀？真不愧是加奈學姊的弟弟呢，看來很有人氣喔。』

喂喂，梅雅，妳不要也用那種感到佩服的語氣說話行不行？

我為了求救而轉過頭去，卻看到貞德也露出一副徹底誤會我人格的氛圍，用眼神對我說著：『加油吧。』

「遠山家的，那就交給汝啦。」

「那就——等等，什麼叫『那就』啦，你們是要我怎麼樣啦！」

「去跟GⅣ愉快相處呀。好好疼愛她，把她拉攏到這邊來。這可是關係到師團興亡的作戰，要好好奮發努力呀。」

玉藻「滋——」地喝完最後一口哈密瓜汁後，說著這樣的話——

害我忍不住想要使出爺爺直傳的「翻桌子」而抓住餐桌邊緣，

『遠山，我傍晚的時候——啊，日本來說的話是昨天深夜的時候，也拜見過GⅣ襲擊的那一段影片了。』

結果梅雅甜蜜蜜、輕飄飄的聲音讓我停下了動作。

『我認為對方是個光是接近就非常危險的對手。因此去向聖騎士團取得了許可，首先針對亞莉亞以及遠山安排了支援物資的製作、寄送等等工作。』

「支援物資……？」

我對著原本打算跟著桌子一起翻掉的筆記型電腦問道。

『是的。我想就算沒辦法打倒，應該至少也可以拿來保護自身安全吧。』

「真是太好啦，遠山家的。」

「加油吧，遠山。事後要記得好好報告詳細經過啊，包括什麼事情做到什麼程度。」

「遠山，之後的事情就交給你了。我要去照顧亞莉亞她們。」

看著梅雅、玉藻、貞德與華生一句接著一句像在演戲般的樣子……

（這、這些傢伙……）

一定是在我還沒來的時候，就已經商量好大致上的事情了。

看來她們打從一開始就打算把GⅣ的事情全推給我處理了。該死。

真的打從心底後悔自己為什麼要遲到了啊。

往後的人生，我絕對不要再遲到了。仔細想想，我之所以會跟亞莉亞相遇而過著這樣的鬼日子——好像也是因為遲到而沒趕上公車才開始的啊。

被眾人欺騙，或者說被眾人算計的那場會議之後……

我為了報復而把玉藻揹在背上的賽錢箱連同玉藻本人一起翻轉過來，說著「根本就沒好報，給我還來」，然後把以前投進去的十元硬幣拿回來了。在大家異口同聲說著「真沒大人風度」的聲音下，我轉身走向武偵醫院。

住院的亞莉亞、白雪、理子跟蕾姬——現在不知道狀況怎樣了？

我打電話給正在治療艾馬基的宗宮說『那隻武偵犬是蕾姬養的，治療費去跟蕾姬要』，結果聽到她說『這不是犬啦，是狼啦』。不過我也懶得管她說什麼，而接著確認了那四個人的狀況。聽說四個人似乎都已經恢復意識了。

（就算先不管會議的事情，也至少要去探病才行吧。）

於是，我隨便買了幾個桃饅跟卡洛里美得，坐電梯來到那四個人住院的武偵醫院A棟三樓……

沙……

沙沙……

（……？）

沙沙沙……

走廊地板上……沙沙沙……有個金屬製的托盤在移動呢。

明明就沒有任何人，可是托盤卻在滑動。

正常來說，這應該是會讓人嚇到腳軟的景象——

可是，真是悲哀，我最近已經看慣了像這種不自然的光景，只是感到稍微有點驚訝地想著：「這種事情也會有啊？」然後低頭看著那個托盤。

托盤是磨得閃閃發亮的青銅製品，周圍有帶刺藤蔓跟蜘蛛的浮雕……雖然讓人感到有些毛骨悚然，不過應該是價值匪淺的骨董工藝品吧？

但是，上面裝的東西卻是紙盒包裝的草莓牛奶、ＰＯＣＫＹ、金牛角。全都是便宜貨啊！等等，這些全都是理子愛吃的東西喔？

（嗯……？）

在那下面，我看到了比托盤稍微再大一點點的黑色影子。這也很不正常。

——於是我終於看穿了那個真面目。

我這麼一問，結果托盤驚訝地停了一下。

「是希爾達嗎？」

接著……緩緩轉向這邊（哎呀，我也不知道那邊才是正面啦）……又轉回原本的方向，慌慌張張地快速在走廊上滑動。

用人類小跑步左右的速度「唰唰——」地移動的托盤，在走廊的轉角處轉彎了。

因為亞莉亞她們的房間也是在那個方向，於是我跟在托盤後面走過去——

果然，看到了。

是希爾達。

她想要逃到樓梯下，卻發現只有托盤的狀態沒辦法在樓梯上移動，於是從影子裡鑽出來準備跑下樓梯……結果我就來了。照情況看來，應該是這樣吧？

然後，她從樓梯只下了一層之後就呆站在原地了。

讓人摸不著頭緒的是，穿著護士裝的希爾達背靠著牆壁，打開鴕鳥羽毛做的扇子遮住了自己的臉。托盤就放在她穿著細跟鞋的腳邊。

……這……這哪招啊？

「喂。」

我叫了她一聲。

「……」

她卻給我裝作沒聽見。

「喂，希爾達。」

「……你、你在叫誰呢？認錯人了嗎？」

「會拿著那種古怪扇子的傢伙就只有希爾達妳而已了吧？妳身體已經好了嗎？」

被我這麼一說，希爾達只好「啪」一聲合起扇子。

「——哎呀，這不是遠山嗎？」

還給我裝作現在才發現……

「真巧呢，居然會在這種地方相遇。我現在才剛從樓梯走上來喔？」

為什麼要撒這種謊啦？

一看就知道是在掩飾自己慌張的樣子，不過希爾達依然裝出一副冷靜的表情轉身面向我——腳底下發出「喀」地一聲。

她穿著白色的細跟鞋。

（再說，為什麼要打扮得像護士一樣啊？光是這一點就匪夷所思了……而且這樣不行吧？護士居然還穿細跟鞋……）

我想著這樣的事情，皺起眉頭看向希爾達的腳——這個動作似乎讓她以為我在看她腳邊的托盤，於是……

「哎呀，這是什麼呢？居、居然這麼湊巧就掉在這裡。是托盤嗎？」

臉頰泛紅地用著急的口吻胡說八道著。

這女人的發言跟亞莉亞一樣讓人費解啊。

（……？）

我環起手臂，稍微思考了一下。

這個紫電魔女——吸血鬼希爾達在上個月跟亞莉亞、理子與我三個人打了一仗……受到幾乎瀕臨死亡的重傷，然後被送到這棟武偵醫院了。

當時因為出血過多而情況危急，不過多虧理子捐血而救了她一命。

（然後，看這托盤上都是理子喜歡吃的東西，還偷偷摸摸地在搬送……）

是因為這次換成理子住院了，所以想要**道謝**嗎？

可是卻又主張「搬送這個托盤的人不是我」，看來「對理子道謝」這件事對希爾達來說是非常羞恥的行為吧？

所以說，才會變裝成護士的樣子（雖然變裝技巧是爛到底了），想要偷偷行動的樣子。

「什麼叫『掉在這裡』啦，這是妳拿來的吧？為了拿去給理子。」

我對著托盤一比，於是希爾達似乎以為現在才露出馬腳的樣子——

轟轟轟轟轟……！滿臉通紅起來。

她原本膚色就很白，或者說本來就是個白人（？），因此整張臉變成粉紅色的樣子讓人感到具有衝擊性呢。

「不、不是。」

「而且這全都是理子愛吃的東西不是嗎？」

「——遠山！既然東西掉了就不再屬於任何人了。你去把它撿起來！」

我只是稍微調侃她一下，她的柳眉就倒豎得讓人感到恐怖。

要是因為這種事情又被她電擊或吃她一記雷球也很麻煩，

「好啦，我撿起來啦。」

於是我把托盤端起來，準備遞回去給她。

可是，希爾達卻不願意接過去。

只是用力把臉別開。

「就當作那些是你買的東西吧。」

「為什麼啦？妳自己拿去給理子不就好了？真是不坦率耶。」

「少囉嗦，照我說的去做。現在能夠拜託的男傭就只有你了呀。」

「我什麼時候變成妳的男傭了啦？」

「還有，這個也給你。」

希爾達說著，就不知從哪裡掏出了一個黑黑的、像垃圾一樣的東西，放到托盤上。

那東西像黑炭一樣，被一根細鐵絲穿刺成S型。

「這是什麼？」

「烤蠑螈。」

「噁心！」

「——這個無禮之徒！你把德古拉女伯爵賞賜的東西當什麼了！」

希爾達用扇子「啪！」地敲了我的臉一下。

「那可是我熬夜做出來的萬能藥呀，你拿去給理子吃。」

「妳自己爆料說這是要給理子的了喔？」

「嗚……！」

看著杏眼圓睜的希爾達，我只能忍不住嘆氣了。

受不了。

亞莉亞也好，華生也好，難道所謂的「貴族」在規定上非得要這麼不善於表達嗎？

「遠、遠山，不要誤會了。我是——那個、因為『不得已』才做的。遵循『戰役』的規則，身為高貴的俘虜所以才『不得已』這麼做的，不要搞錯了。」

「所以我說……既然妳想跟理子道謝的話，就自己去嘛。」

「哎呀，找機會再說吧。」

——對於「要道謝」這一點沒有否定，而且連自己說錯話都沒發現。

這傢伙應該是那個吧？如果到偵探科來的話就是E級了吧？

不，是比那還差、平常不會用到的F級吧？

「什麼叫找機會啦，要等到什麼時候？要不然我也陪妳啦，跟我一起來不就好了？」

「不行啦。我還……沒臉見她。其實是想當面——可是、現在還……」

希爾達像個任性的小孩一樣用力搖頭。

螺旋狀的雙馬尾就跟亞莉亞的波浪鼓原理一樣不斷搖晃。

因為構造上像彈簧一樣的關係，持續搖晃的時間比亞莉亞還要久。於是希爾達用雙手壓住還在搖晃的雙馬尾，

「——話說回來，巴斯克維爾小隊似乎被打得很慘呢。」

恢復原本凜然的美人臉，轉換了話題。

「我不管對方是誰——如果曾經打敗我的你們輸掉的話，就連帶地對我來說都是一種不名譽的事情呀。遠山，你要把下手的人徹底處理掉喔？」

該怎麼說，這還真像希爾達的作風……居然說這種強人所難的事情。

「現在因為璃璃色金的關係，我的狀況不太好。不過只要過一陣子，等我狀況恢復的時候——要是理子遇到危險的時候，就聯絡我。我去把那個敵人做成剝皮串燒。」

希爾達說完後就轉身背對我，「喀、喀」地踏響細跟鞋走下樓梯了。

在她離去的時候——

我看到她護士服背後開了兩個洞，一對小小的黑色翅膀微微露出頭來，看來被理子砍斷的翅膀又慢慢重新長出來了。

因為今天是萬聖節，所以其他人可能以為那是在變裝——不過，那傢伙果然也不是人類啊。

仔細一看，她脖子後面還掛著華生掛上去的十字架。

提著十字架的吸血鬼啊，現實世界跟電影就是不一樣。

「從日落到日出（From dusk till dawn）——夜晚的時候就交給我吧。如果是你的話，我心情好的時候也不是不能幫忙喔。」

聽到希爾達留下這句像傲嬌一樣的雙重否定文，我不禁嘆了一口氣……

接著從樓梯走回走廊。

結果，在樓梯視線死角的走廊牆壁邊——

（理子……！）

看到額頭、一邊手臂與大腿上包滿繃帶的理子就靠在牆上。

她用皮帶將槍身被切短的霰彈槍——溫徹斯特 M1887 斜揹在背上。

從這邊看到她的側臉——那應該是裡理子的眼神吧。

「……妳聽到了？」

「是啊。」

「那妳就拿去吧，這是希爾達說要給妳的。」

我將托盤遞給理子。

而理子則是對托盤上的草莓牛奶啦、POCKY啦、烤蠑螈等等瞥了一眼後……唰。

用一隻手「掃」近自己，然後用另一隻手抓起制服裙襬當成袋子，把東西裝了起來。

「然後呢，妳怎麼想，理子？希爾達似乎有打算要跟妳和好喔？」

「鬼扯蛋。那傢伙可是曾經殺過我一次，哪有那麼容易就原諒她啦？」

嘴巴雖然這麼說，可是能拿的東西還是要拿，真像理子的作風。

不過，說得也是……打完一架後要和好，並不是一件容易的事情。我能了解，因為我現在也為了GⅣ的問題在煩惱啊。

但是……

「妳不是也曾經想要射爆我的頭嗎？四月劫機事件那時候。當時我如果沒有用小刀把子彈切開的話，現在我的名字就已經寫在武偵高中殉學名冊上了喔。」

「吵死了啦，金次。那時候我是因為知道爆發金什麼都能做到，所以才開槍的。」

理子用力咬著草莓牛奶的吸管，不太高興地瞪向我。

爆發金？喔喔，**爆發**模式下的金次啊。

連這種地方都要徹底用綽號稱呼的理子……把烤蠑螈像烤雞一樣吃進嘴裡，然後用草莓牛奶吞進肚子了。

看來她根本就沒有懷疑過這裡面有沒有被下毒。

在某種意義上，大概是對於希爾達的高傲自尊抱著信任的態度吧？

「……希爾達那女人還真是閒著沒事做。像這種東西她已經拿了好幾次過來，可是都不讓人看到她的身影。真是怪咖。」

理子說著……然後這次換成偷偷瞄了我一眼。

是希望我說些什麼嗎？

「那……哎呀，就稍微彼此冷靜一段時間吧。」

「……」

「不過，她似乎也承認自己是師團這邊的棋子了。現在是戰役期間，也就是像戰爭期間一樣的時候。雖然她是那樣的傢伙，不過既然可以算得上戰力，就好好利用會比較好吧？我是不至於要求妳們和睦相處，不過至少不要隨便吵架吧？」

我借用玉藻說過的話，自暴自棄地這麼說完後——

理子轉身背對我，「滋嚕嚕——」地喝完草莓牛奶，接著點了一下頭。

然後，轉身，唰！

用全力裝乖的**表**理子表情對我雙手敬禮。

「——現在就別管那種事了啦，欽欽！理子帶你去女生房間——A棟303號房玩吧！」

「切換過去了啊。」

「文文也有來喔！」

「文文？……平賀同學嗎？為什麼？」

「嘻嘻嘻嘻！那是到房間的驚喜！」

驚喜……？

總覺得，有種不好的預感勒。

畢竟理子所謂的「驚喜」，在我的經驗上，從來都不是什麼好事。

我被理子拉著手，戰戰兢兢地走進303號房……

「……！」

首先，一對野狼拍檔的身影映入了我的眼簾。

坐在白色病床上的野狼少女，以及一隻真實野狼。

正是穿著制服、在頭戴式耳機上又戴了一對狼耳朵的蕾姬，以及外觀普通的艾馬基。

蕾姬手上拿著吃到一半的卡洛里美得，臉上是一如往常的面無表情……

她除了大腿上的繃帶以外，似乎沒什麼明顯的外傷。暫時讓人鬆了一口氣。

「呼喔喔，不管看幾次都覺得好可愛喔，蕾Q！角色扮演Q好可愛喔，角色扮演Q！」

理子大叫著繞口令般的臺詞，抱住蕾姬。

蕾姬應該不會自發性地戴上狼耳朵這種東西……

所以這應該是理子幫蕾姬設計的萬聖節變裝吧？

「你看，欽欽。還有尾巴喔！」

理子從蕾姬的裙子中拉出一條野狼風格的假尾巴。蕾姬毫無反應，可是她的裙子被掀到了危險邊緣——

「重、重要的是那個啦，那是啥？從哪裡拿來的？」

於是我趕緊把視線移到鎮壓在蕾姬病床旁的一把超大型狙擊槍。

如果可以的話，我也很想把視線從那東西——巴雷特M82——上移開呢。

那可是伊拉克戰爭中被使用的長距離狙擊槍啊。

「從裝備科的平賀同學那邊購入的。」

「為什麼要買那種怪物級的東西啦？」

「為了對抗昨天遇到的敵人。」

蕾姬用毫無抑揚頓挫的聲音說著……

不過……那可是一把使用12.7mm口徑的超大型彈藥、威力超大的狙擊步槍喔？

人類光是被子彈削到邊都會被殺死，要是直接命中的話可是會四分五裂的。

「那東西是Anti Material Rifle——反物質步槍，在國際法上可是禁止對人使用喔？」

「……」

她並未回答我。

也沒點頭，只是不斷抬著頭凝視我而已。

……這傢伙是認真的。

「嘻嘻嘻，可是仔細看條文，並沒有寫說禁止使用點五〇口徑槍喔，欽欽。」

因為不懷好意地瞇起雙眼皮眼睛的理子多嘴的關係……

「有比那更重要的問題吧？就是武偵法第九條啊。理子，妳拿的那把霰彈槍其實也是武偵不能持有的東西喔。因為沒辦法在保證不殺死人的情況下開槍啊。」

於是我又多念了幾句。結果……

理子——還有蕾姬也是，啪。

兩個人都拿出一張Ａ４大小的紙張給我看。

「那是什麼？」

我湊近一看……

那是公安委員會發放的槍械檢查登錄制度——通稱「槍檢」——的登錄證明。

……居、居然被許可了……！兩把槍都是。

「怎、怎麼可能？這是偽造的吧！」

「——文文工作是不會有瑕疵的啦！沒有什麼事情是不可能（No thing is impossible）的啦！」

唰。

用小手拉開病床布簾後登場的——正是裝備科的平賀同學。

那身裝扮大概是她的萬聖節服裝吧？她身上穿著南瓜色的襯衫配上黑色斗篷、下半身套著南瓜形狀而不知道是短褲還是內褲的褲子。

就連綁頭髮的橡皮圈上都接著塑膠製的迷你南瓜。這孩子真可愛。

「從這個月開始，文文開始受理槍檢的代理申請服務的啦！呼哈呼哈！」

……妳發出賺大錢時的笑聲了喔，平賀同學。

我猜……那八成是什麼遊走法律邊緣的申請方式，為了讓上頭的人認可那些違法槍械的服務吧？當然，費用匪淺。

「遠山也來得正好的啦！來！這是左手用的『大蛇』的啦！」

我「砰」地接過那隻手套——

前幾天，我已經把暫時從住在巢鴨的祖父母那邊借來的錢轉帳給平賀同學了。

簡單講就是借貸了，要趕快想辦法還錢才行。

「喔、喔喔，謝謝。」

那個……平賀同學，妳剛剛是不是從那個南瓜褲子裡拿出這個大蛇的啊？

「還有，遠山，你不是有問過文文有沒有好用的錨線嗎？」

「喔喔，是啊……有找到嗎？」

確實我在前幾天有跟偶然在食堂相遇的平賀同學提過這件事。

一方面也是因為跟華生戰鬥時差點從天空樹上掉下來而學到的教訓，所以拜託她說如果有找到什麼隱密性較高的預備繩索的話，可以帶來給我看看……

「拿去，這是試用品的啦。雖然效果不保證，不過是個革命性道具的啦！」

平賀同學又從南瓜褲裡拿出東西，希望那褲子裡面其實是有口袋的。

她拿出來的是一個小夾鏈袋，裡面裝著子彈。怎麼看都不是繩索啊？

「看起來像9mm魯格彈啊。」

「雖然初速不快，不過，沒錯！這就是靠開槍發射的繩索──『纖維彈』的啦！」

「靠開槍發射的繩索……？」

「沒錯的啦。這子彈從槍口發射出來後，會分裂成滯空彈子與前進彈子的啦。滯空彈子會在接觸到空氣的時候靠著機關停留在槍口約兩秒，而前進彈子會飛向前方，然後著彈的時候被附有黏著劑的碳粒子固定在著彈點的啦。」

平賀同學一邊像幼兒般比手畫腳，一邊向我解說子彈的構造。

「……然後呢？為什麼這樣可以拿來當繩索？」

「彈子跟彈子之間夾了可以變成繩索的複相液態芳綸的啦。這個液態物可以在兩個彈子之間拉出一條絲狀物，就跟用雙手將**年糕**拉長一樣的感覺的啦。」

喔……

也就是說，這是只要開槍發射，就會從槍口拉出一條化學纖維繩索到著彈點的道具啊？

「張力方面沒問題嗎？」

「直徑一μ的時候可以承受零點二噸的張力，就算變得像納豆絲一樣細也可以支撐的啦。液態芳綸是京都化纖開發的東西，不過把它裝到子彈裡的是文文的啦。正在申請專利的啦。」

連專利都申請了……還真是會賺錢啊，平賀同學。

這個人將來搞不好會變成大富豪呢。

「為了練習抓時間，等一下最好去試打個幾發的啦。滯空彈子上有塗感壓發光塗料，所以開槍後只要抓住槍口前的藍色光點就好的啦。使用距離推薦是在二十五公尺以內的啦，如果拉長到五十公尺的話，搞不好會斷掉的啦。」

就在平賀同學對著我大致說明的時候——

「啊，小金……？」

「白、白雪？」

這次從旁邊出現了穿著天使的角色扮演服——可是肚臍外露——的白雪。

背上裝飾著從航空力學上怎麼想都不可能飛得起來的迷你翅膀，搭配裙襬附有輕飄飄裝飾的迷你裙，全身上下只有那一對快要從低胸露肩服中蹦出來的胸部不是迷你的。

平常綁在頭上的白色緞帶上方，用鐵絲加蓋了一圈金色天使環。雖然看起來很呆，不過……

這、這什麼打扮啊？

天堂怎麼可能會有這麼性感的天使啊？要是有的話，那可是地獄了，對我來說的話。

肚臍外露的白雪擺出害羞少女的動作，

「那、那個呀、這套萬聖節服裝呀、是理子幫大家各自準備的、那個——」

把幾乎快要撐破尼龍布料的豐滿雙峰……

用拿在手上的**槍**遮起來了。

（不不不，應該要先遮起來的不是胸部吧……！不，我是希望可以連胸部一起遮起來啦……！）

正當我想要對白雪還有我自己如此吐槽的時候——

因為看到那把很久沒見的白雪用超大型機槍——M60機關槍，而說不出話了。

M60——那是美國陸軍最愛用的泛用型機關槍。

雖然名稱跟烏茲之類的短機關槍很像，可是威力大相逕庭。那可是**戰爭用**的槍

啊！

縱使因為時代老舊而有些缺陷，但是在越南戰爭時不要說是步兵了，就連直升機都將這把槍裝備為載機武器……是世界上吸取人血最多的槍械之一啊。

我把大叫著「小雪真是天使！」然後拿起手機狂拍照的理子推到一旁，

「白雪，我不是叫妳不要用那把槍嗎！會違法的啊！」

「可是，平賀同學幫我拿到槍檢了……而且色金殺女又被搶走了……」

白雪用機關槍遮住臉的下半部，只用眼睛不斷訴說著：『可是、可是。』

到這邊為止，看起來都還可以算得上可愛。但是……

「……而且……那個死婆娘……」

她的雙眼瞬間變得像彎刀一樣銳利，那樣子讓我忍不住懷疑自己看錯了。這、這什麼眼神啊？連聲調都降低了八度音呢。

「婆、婆娘？呃，妳是指攻擊妳的那個傢伙……GⅣ的事情嗎？」

「——那個人莫名其妙呀！跟我在打的時候……一直說自己才是最親近小金的存在嘛！很莫名其妙吧？很莫名其妙吧？小金？嗚呵、呵呵、嗚呵呵呵呵，很莫名其妙對吧！」

白雪的雙眼失去了光輝，抱著機關槍不斷狂笑。

這、這哪門子的天使啊？莫名其妙的是妳吧？

「吶，魯漆（蕾姬）、矮寫（白雪）、驢組（理子），以文看以文看（妳們看妳們看）。咕嚕，剛才記來的航空包裹（FedEx），是『粉彩筆』喔。」

忽然，傳來了咬著桃饅說話的聲音……

這次出現的是背上裝飾著鳳蝶形狀翅膀的——亞莉亞。

「——唔，金次？搞、搞什麼啦，要來的話就事先聯絡一聲行不行！」

跟我對上視線的亞莉亞，慌慌張張地把連身洋裝的胸襟往上拉。

她穿的似乎是妖精的角色扮演服。雖然看起來像迪士尼的奇妙仙子（Tinker Bell），不過像芭蕾舞裝的連身洋裝卻是粉紅色的。應該是理子為了配合亞莉亞的髮色而準備的吧？

感覺就像是幼稚園的扮裝遊戲一樣，對小不點亞莉亞是很適合啦。不過……（……就算在醫院，也還是有帶槍啊。）從剪裁成鋸齒狀的短裙下——大型手槍 Government 露底槍（裙子底下的手槍完全露出來的意思）了。

這種戰鬥妖精，我看就算是迪士尼也會禁止演出吧？妖精同伴們一定也會拿小石頭或橡樹子對她狂丟的。

另外，這位妖精小姐的胸部看起來比平常還要纖滑平坦呢。

畢竟這件連身洋裝是沒有肩帶的，所以才沒辦法像平常一樣穿集中托高用的偽裝胸罩吧？

（不過……該怎麼說……）

不管是哪個人，都只能怪自己為什麼會跟理子同房了。

理子想必是假借萬聖節做為藉口，把大家當成換衣娃娃在玩吧？

就在我推測應該是理子病床的床鋪上，可以看到裝滿霰彈槍子彈的紙箱旁邊……鬼怪啦、魔法少女啦的衣服到處亂丟著，大概是從一大早就換過好幾次衣服了。

而她本人看來已經玩膩了，只有自己一個人穿著制服。還真是個自由奔放的傢伙。

「妳看起來也很有精神嘛，亞莉亞。我是不會說『害我白擔心了』啦，不過早知道就擔心個七成就好了。」

「你在說什麼呀？你怎麼可能做那麼高竿的事情？」

啊。亞莉亞裝作若無其事地環起手臂，把胸部遮起來了。

「話說回來……金次，你收到『雞尾酒』了嗎？我這邊的套組名字是『粉彩筆』喔。」

「雞尾酒？粉彩筆？妳在說什麼啊……？」

面對皺起眉頭的我，亞莉亞拿起一個像蠟筆盒一樣的東西給我看。

「就是武偵彈倉（ＤＡＬＭ）呀。剛才收到梵蒂岡寄來的慰問信。大概是因為你用的９ｍｍ魯格彈很小，所以製作上比較花時間吧？」

亞莉亞說著，便打開手上的盒子……

裡面裝著像真的粉彩筆一樣五顏六色的點45ACP子彈。

雖然跟梵蒂岡國徽中的一部分——「聖彼得之鑰」的標誌排列在一起的義大利文我是看不懂，不過上面根據國際基準而義務性刻上的印記我就知道了。這些——全都是D・A・L（Detective Armed Lethal），也就是武偵彈。

所謂的武偵彈，就是讓子彈附加多種功能的強化彈、特殊彈。

仔細看看這些子彈，除了我在伊・U上看過夏洛克使用的炸裂彈之外，另外還排列著穿甲彈、破裂彈、飛散彈等等必殺兵器。就連蕾姬跟昭昭對戰時使用過的閃光彈、音響彈的點45ACP版，還有煙幕彈、燒夷彈等等間接兵器都一應俱全勒。

看來這個「粉彩筆」——簡單講就是武偵彈套組了。

剛才梅雅所說的支援物資，原來就是指這件事情啊。

真受不了，要送住院患者慰問品的話，就應該送零嘴盒或水果盒之類的吧？居然送什麼子彈盒勒。

「義大利的槍彈師傅功夫都很好的啦，真想去留學個一次的啦。」

裝備科的平賀同學入神地看著那些武偵彈……

我記得，武偵彈應該價格超級貴的吧？

竟然可以隨隨便便就送這種東西過來，天主教會也真是夠有錢的。

「……話說妳們這些人，又是強化武裝、又是申請槍檢……到底在醫院做什麼啊？好好養傷行不行？」

當我對那群人這麼說完——

「這是強化合宿呀，總不能老是被打好玩的吧？」

「跟小金最親近的存在應該是我才對！那種女人不行、不行、絕對不行！」

「嘻嘻嘻，像這種女生聚會，實在太有趣了～理子忍不住都興奮起來啦。」

「武偵如果被人開一槍，就要回對方一槍才行。」

把亞莉亞、白雪、理子跟蕾姬各自的回答綜合整理的話……

簡單講，就是因為被GⅣ打了個落花流水——所以在好勝的亞莉亞指揮之下，白雪因為莫名其妙的私怨、理子因為好玩、蕾姬因為職業意識——

四個人聯手起來準備進行報復攻擊就是了。

（不太妙……）

姑且先不論我的想法——師團已經決議要把GⅢ跟GⅣ拉攏為同伴了啊。

可是眼前的這四個人卻徹底想要跟他們一戰。

「金次，你也來幫忙。我另外還有跟平賀同學訂了一把後揹式火箭推進器——」

「啊啊受不了……喂，亞莉亞，妳過來一下。」

為了要商量比較嚴肅的話題——

於是我抓著巴斯克維爾的副隊長——妖精小姐的翅膀，將她拉到病房深處的病床邊。

接著「唰！」一聲把周圍的布簾拉上後，

「做、做、做什麼啦！你要幹什麼！大家都在喔？」

亞莉亞說著搞不清楚意思的話，莫名著急著。

「亞莉亞……我知道被GⅣ打敗的事情讓妳們感到很不甘心，如果可以的話，我也想要逮捕他們。但是，這次的對手實在太強了。所以剛才貞德跟華生還有……」

「金次，敵人很強的事情我知道。就是因為這樣才要舉行強化合宿的呀。」

說著，亞莉亞就像幼兒一樣在病床上爬動，然後從布簾的縫隙間伸手到隔壁——應該是她的病床——拿了一封信過來。

（……嗚……！）

剛、剛才、亞莉亞她……把屁股面向這邊爬動的時候……

從忠實呈現奇妙仙子造型的超級迷你裙底下……

粉紅色、看起來像體育短褲的東西完全走光了。

可是，因為那跟裙子是相同顏色的關係，我的腦袋似乎並沒有認為那是內在美，而覺得是衣服的一部分。畢竟亞莉亞的動作顯示她也是這麼認為的。所以血流上來講應該是沒問題的。

不過，啊——該死！真是可愛啊，雖然只有外表，但是真的太可愛了，這傢伙。

「你看，這是梵蒂岡寄來的信。雖然是用義大利文寫的，不過這邊寫著——『也會以雞尾酒做為套裝名稱寄送一組武偵彈倉給遠山金次』。我想應該很快就會寄到了，但是你可不要因為沒錢就把它轉賣掉喔？」

「才、才不會勒。」

「為什麼要把視線別開？給我好好看著人家的眼睛說話呀。」

「——先別管那個了！我以巴斯克維爾的隊長身分說清楚，不要再跟GⅢ他們戰鬥了。我是不知道他們為什麼要在極東戰役中參一腳，不過現在他們既不是師團也不是眷屬。所以說，這是剛才玉藻她們決定的事情——要拉攏GⅢ跟GⅣ成為『師團』的同伴啊。」

「——你在說什麼呀！我們可是突然被那個女人偷襲了呀！」

亞莉亞「吼！」地露出犬齒，火大地用力踏著腳。

啪沙、啪沙。

像鳳蝶一樣的翅膀也跟著不斷拍動。亞莉亞鳳蝶，大暴動！

「那些傢伙是敵人呀！這是明顯確定的事情呀！不在他們身上開洞我不甘心啦！居然還說要當同伴？笨蛋！笨蛋！你到底要笨到什麼程度呀，這個笨蛋金次！吼！」

「喂、喂！痛！不、不要敲啊！不要動不動就訴諸暴力啊！」

吼吼吼！啪沙啪沙！咚咚噹噹咚噹噹！

我為了從一邊拍動翅膀一邊使出連環鐵拳的亞莉亞手中逃跑，結果跌到了病床下——

「哇呀！」「呀啊！」

這時，布簾另一邊的理子與白雪同時發出驚訝的聲音。

因為總覺得那氣氛不太尋常——

「——？」

於是我跟亞莉亞也從布簾中跑出來，環顧303號房內部。

結果，在入口的地方——

嗚哇……！

「GⅣ……！」

那女人、就站在那裡……！

一副理所當然地穿著武偵高中水手服的GⅣ，給人的印象跟她穿著護具與內襯衣的時候完全不一樣——

現在看起來就像是一名普通的女子中學生一樣。

「喔——喔——！這是飛蛾撲火呀！幹掉她吧，小雪、蕾Q！」

「說得沒錯！小金，請你退下。要是發生跳彈什麼的會很危險。」

「………」

喀嘰！喀嘰！喀嘰！

理子架起霰彈槍、白雪架起機關槍、蕾姬架起狙擊槍——

從三個方向分別把槍口對準了GⅣ。

「發、發發發發生什麼事的啦？要開槍拜託去文文不在的地方再開的啦！」

平賀同學避難到病床底下，發出淚汪汪的聲音——我、我也同意這個想法。

而另一方面，GⅣ則是——

就好像根本沒有看到對準自己的那些槍口一樣，露出像鮮花綻放般的笑容。

——對著我。

那表情可愛到甚至可以讓現場瀰漫的殺氣一口氣消散般。

感覺在她周圍的氣氛瞬間變得有朝氣，無憂無慮、天真純粹——

光是看著她就可以讓四周人的戰意、不、甚至連心都被奪走的笑容。

GⅣ就這樣散發出連亞莉亞都會猶豫要不要拔槍的氣氛，表現出一副天真少女的樣子，快步走過來。

——朝著我的方向。

「總算找到你了，**哥哥**。我們走吧，我肚子餓了。」

然後，抱住我的手臂，用力將身體靠了上來。

彷彿就像感情很好的兄妹或是情侶一樣。

「欽、欽欽？這是怎麼回事……？哥哥……？」

「難、難道是、小、小小小小金的——金、妹、金妹、妹妹、妹妹？」

雖然理子跟白雪都嚇得張大了嘴巴，不過嘴巴張得最大的其實是我。

「不、不對！我才沒有什麼妹妹！是這傢伙從昨天就一直擅自——」

我拚了命否認，可是GⅣ卻用力將自己的胸部靠到我的手臂上來。

（嗚喔……！）

我因為那股像是被柔軟的橡皮球夾住手臂的感覺而慌張了起來。就在那一瞬間——

GⅣ迅速繞到我的前方——

「——！」

我為了理解自己到底被做了什麼事情，整整花上了數秒鐘的時間。

剛剛、我的嘴巴被某種像花瓣一樣的東西輕輕碰了一下。

從GⅣ的栗色妹妹頭……

飄出一股甜得像牛奶糖一樣的香味，鑽進我的鼻腔——

「——原來這就是接吻呀。可是，看來光是這樣還不夠呢。」

GⅣ把嘴唇放開我的嘴巴後，小聲呢喃。

（……嗚……！）

喵——！亞莉亞發出娃娃音。

咿咿咿咿！白雪發出尖叫聲。

呼喔喔喔！理子發出興奮的喘氣聲。

蕾姬……旁邊的艾馬基小聲地發出「吼！」一聲驚訝的聲音。

在這些聲音環繞中——

（發、發生什麼事了……！）

我被嚇到了。不只是因為剛剛GⅣ對我所做的事情。

而是對於自己身體內一如往常的**血流**——不得不感到驚訝了。

剛才那個、應該是確定會引起爆發模式的行為吧？

過去，不管是跟亞莉亞、白雪、理子還是蕾姬這麼做，都會引發的。

可是，跟眼前這個少女接觸——

我卻沒有進入爆發模式。

明明就跟這樣一個像寶石一樣的美少女……接吻了說。

「難怪……我就覺得奇怪，為什麼你從剛才就一直在幫敵人說話……」

……吼吼吼吼吼吼吼……

聽到那陣已經很熟悉的小母獅威嚇聲——於是我戰戰兢兢地轉回頭。

「——金次！你倒戈了對吧！」

「……啊……？」

我被GⅣ繼續抱著手臂，慌張地環顧四周——

已經完成紅臉步驟的亞莉亞吊起她紅紫色眼睛的眼角，粉紅色的雙馬尾不斷顫抖。

原本以為白雪被消滅了，原來她已經在白色床單的保護色下昏倒過去；理子露出不懷好意的苦笑；而蕾姬的眼神讓人感到冰冷難耐。

「我先不管那女的究竟是不是你妹妹，那就是讓你倒戈叛變的阿基里斯腱呀！」

從妖精變身成赤鬼的亞莉亞拔出手槍，將槍口對準我。

「什、什麼阿基里斯腱啦！」

「——女人啦！你、你這個人！跟、跟跟、跟那個女人那個、變成那個、然後叛變的對吧！」

轟隆！

亞莉亞大呼小叫著一堆搞不清楚代名詞在講什麼的臺詞，並且火爆憤怒起來。

她已經……把我跟GⅣ放在一起認定成敵人了啊……！

「討厭啦——欽欽……這樣子實在太無雙了啦～跟敵人又是啾啾又是噗哧噗哧吼～的，又把人家當妹妹，你那什麼色情遊戲呀？就算強如理子，也忍不住要退避三舍了呀——」

理子雖然把雙手食指放在頭上裝成犄角、滿嘴鬼扯蛋，可是她的額頭上已經冒出冷汗了。

就連對於情色關聯的話題大致上都很包容的理子，都做出這種反應了……看來剛才這件「跟自稱妹妹的女生親嘴」的事情，已經把我在巴斯克維爾小隊中完全掃地的評價又埋到更深的地底下去了。

這下……不管我再說什麼，亞莉亞跟理子都百分之一百不會再聽進耳裡了吧？

當我思考到這邊，於是為了要請求救兵——

「喂，蕾姬！妳快幫我跟亞莉亞她們解釋啊，剛才我是被這傢伙強硬地——」

「雖然我不太清楚發生什麼事，不過我現在不想跟金次同學說話。」

連、連那個蕾姬也……！

終於發揮出她富有人性的一面了，就在這種時候。

好死不死，偏偏要選在這種時機……！

「……嗚……」

亞莉亞、理子、蕾姬，還有仔細一看，倒在床上卻用力睜開瀏海下雙眼的白雪也是，大家都狠狠瞪著GⅣ——還有我，不斷釋放出殺氣。

希望這一切都是錯覺……不、不過大家的槍口——是不是都稍微開始偏向我的方向了啊……？

（不、不會吧……！）

要是繼續待在這裡的話，搞不好會被打成蜂窩的。跟著GⅣ一起。

「這、這件事我等一下再跟妳們解釋！」

驚慌失措的我大叫之後，立刻推著GⅣ的背後，準備從病房開溜。

而就在我們跑出病房門的時候——一轉！

GⅣ突然轉身面對巴斯克維爾小隊的女孩子們。

露出跟面對我時的笑臉一八〇度相反、蘊藏滿滿諷刺感的表情。

「喂，矮冬瓜、裝清純、假仙鬼、沉默女，我是不知道妳們這群女人以前跟哥哥之間是有過什麼愛情喜劇啦，但是……」

接著用宛如我在生氣時會用的男人語氣對亞莉亞她們放話——

「**妹妹才是最強的。哥哥跟妹妹之間，是任何人都無法介入的！**兄妹間的羈絆是絕對的，跟其他的女人是不一樣的啦！」

就像在揮大刀一樣用力揮下手，狠狠說道。

……妳在說啥……？

彷彿跟我抱著同樣的疑問似地，亞莉亞她們也啞口無言了。

「我剛剛已經去哥哥房間檢查過了。」

「喂，妳什麼時候——」

「裡面放了一堆妳們的私人用品。我的嗅覺可是很敏銳的，靠味道就可以知道。」

味、味道……妳是警犬嗎？

「妳們這些傢伙……都住在哥哥的房間裡對吧！家裡居然住著根本不是家人的女人，**不可原諒**。可以住在家裡的就只有家人而已，所以說——不准妳們再來了！我要讓哥哥改邪歸正！」

GⅣ大叫完後，磅！

宛如要踢壞303號房的房門一樣，用力把門板一腳關上。

不是這樣的吧？不可能會這樣的。

有件事情一定可以斷言，而且連刻意去斷言這種事都讓人感到愚蠢。GⅣ**絕對不是我的妹妹！**

首先，GⅣ跟我的頭髮顏色就已經不一樣了。這是偵探科一年級就會學到的判斷法，那就是：這傢伙頭髮的顏色本來就是栗色的，看眉毛跟睫毛就可以立刻知道。膚色跟我比起來也比較淡。眼珠顏色雖然乍看之下是黑的，但是仔細一看就可以發現微微帶點藍色。臉型跟我比起來也端正許多。

（可是……亞莉亞那群人……）

每個人都是一樣，為什麼那麼單純啦！

居然就那樣輕易相信GⅣ的胡言亂語。

而且，一如往常地對我說的話完全不聽進耳裡。

（……所以我就說，女人這種生物……）

在我心中對於「女人」這種存在的火大感覺——

伴隨著古老的記憶，不斷從深處湧上來。

國中時代，我因為被女孩子們看穿了我的爆發模式體質，而有一段時期受到她們的利用。

那時候也是一樣，只要正常模式下的我表現出反抗的態度……她們就會像這樣成群糾彈我。

女孩子就是比起男孩子還要容易在遇到事情的時候立刻變成集團歇斯底里症。然後，就會出手對我進行集中攻擊。我的經驗上就是如此。

雖然這想法會被人說是女性差別主義，可是我實際上就是那個被害者啊。

再加上——這也有部分是因為我基於那樣的經驗而盡力表現出無視的態度啦——在武偵高中也是，女孩子常常會在背後說我壞話，陰沉啦、廢材啦、花花公子之類的。

我這個人……搞不好就是個容易被女人算計、被女人討厭的個體也不一定。

不，應該就是那樣了吧？畢竟足以拿來佐證的不愉快經驗要舉多少就有多少。

「——然後呢？妳為什麼要跟過來？」

當我為了要從武偵醫院回到男子宿舍，而走向公車站時——

同樣也是個女孩子的GⅣ，居然一副理所當然的樣子跟在我的後面。

「因為我是妹妹呀。」

然後又想要把手勾到我的手臂上來。

「妳根本就不是妹妹啦！」

我粗暴地把她的手撥開後，她就露出一種——「為什麼？為什麼要這樣？」的傷心眼神……

這次換成戰戰兢兢地、偷偷摸摸地……想要牽我的手。

我「啪！」一聲拍掉她的手後，她就露出彷彿計畫失算的小孩子一樣的表情，「哥哥，為什麼要生氣呀？提起精神嘛。加油、加油、哥哥加油！」

換成充滿朝氣地在為我打氣了。

最後還揮動我的袖子，勉強自己露出堅強的笑容，想要幫我加油。

這、這傢伙在搞什麼？

「我說妳啊，自己做出那種事情，居然還來問我『為什麼要生氣』？」

「那種事情……？什麼事情呀……？」

「連自覺都沒有啊？又是對巴斯克維爾的女子軍大打出手，又是做出那種像是在宣戰一樣的行為。就是因為妳在那邊自稱是什麼妹妹，害我都被她們排擠了啊。我明明就是隊長，現在卻自己一個人被孤立了不是嗎？」

「哥哥才不是一個人呢，從今以後我會一直都跟哥哥在一起。會待在比任何人都還要接近哥哥的地方。因為我是妹妹呀，是家人嘛。所以說，不用感到寂寞喔。」

GⅣ說著這些話，抬起她那張惹人憐愛的臉看著我。

那張天真無邪的娃娃臉，甚至會讓人以為剛剛她對著亞莉亞她們擺出的嚇人表情只是一種錯覺。

「我不是在講說我寂寞或是什麼啦！是因為亞莉亞要是一誤會就會開始暴走、白雪常常為了莫名其妙的事情就突然失控、理子又喜歡參加這種打打鬧鬧的事情、蕾姬也老是對事情用她那套獨特的方式理解。一口氣跟那群人作對，是要我以後怎麼辦啦！」

聽到我嘮嘮叨叨地抱怨完之後……

GⅣ露出了一副打從心底受到衝擊般的表情。

「……哥哥，你等我一下。」

她說完後，裙子一翻，就轉身面向醫院的方向。

我感到一陣不好的預感，於是趕緊抓住她那意外纖細的手腕，叫住了她。

「喂，妳幹麼又要回醫院去了？」

「因為哥哥一直在說那些人的話。只要那些人還在，哥哥就會一直在想她們的事情。所以說，我決定還是要去殺了她們。全部。等我五分鐘就好。」

「殺、殺了她們——妳在鬼扯什麼啦！」

當我用力把她拉過來面對我——

「可是！」

GⅣ的那雙大眼睛就……**溢出了淚水**。

「……！」

這不是在裝哭。

她是真的——不知道為了什麼，感到不甘心地哭了。針對亞莉亞她們。

「因為哥哥一直在講那些人的話嘛！只要那些人不在，哥哥就一定會理我了嘛！」

——嗚……！

真的，到底是在搞什麼啊……這傢伙……！

「就是因為哥哥太善良了——連那些傢伙都要疼愛！所以我才沒辦法受到哥哥的疼愛呀！只要那些人消失了，我一定就能獨享哥哥的愛了！」

GⅣ真的哭出來後，又像個小孩子一樣大叫著。

我抓著她的手將她拉過來，吊起眉尖說道：

「重要的是，我說過我根本就不是妳的哥哥吧！」

「才不是呢！哥哥就是哥哥呀！」

沒、沒轍了。

這傢伙、根本就沒辦法溝通啊。

「所以哥哥要跟我一起住，只能愛我一個人！要不然——我就去攻擊巴斯克維爾的那群女人！」

「嗚……！」

這、這傢伙不妙啊，比亞莉亞還要不妙。根本就是瘋了。

不能放任她亂跑。

「——住手！以後不要再去找那些人啦！」

我的個性基本上是不太容易對其他人表現得激動的——

可是，我映照在附近便利商店窗戶上的臉，現在卻露出非常憤怒的表情。

就跟以前哥哥在罵我的時候一樣。

「……」

而GⅣ則是……

用力鼓起腮幫子，「唔——」地用充滿淚水的眼睛看著我。

「那，交換條件……答應我一件事就好，可以嗎？」

「……什麼啦？」

「我可以跟在哥哥身邊嗎？」

她提出了這樣的條件，於是我……

「……隨妳的便啦……！」

GⅣ聽到我這麼說之後，便用手背擦乾了自己的眼淚。

接著，露出開心的笑臉。

就像少女漫畫的角色般可愛，彷彿周圍都開滿了花朵一樣。

「——可以再答應我一件事嗎？」

「妳不是說過『一件事就好』的嗎？」

聽到我這麼說，她又再度轉向醫院的方向。於是我只好……

「我知道了、我知道了。妳要我答應什麼事啦？」

「買牛奶糖給我。」

……啥？

依然被露出疑惑表情的我抓著的GⅣ，舉起手，指向便利商店。

因為話題突然從要殺不殺的事情一口氣縮小了規模，害我一時之間呆掉了……

不過我想，既然只要這種小事就能保住亞莉亞她們的性命的話，也好。於是便帶著GⅣ進到便利商店，買了牛奶糖給她。

「……拿去。」

我把貼著全家便利商店貼紙的牛奶糖遞給GⅣ……

而GⅣ則是像一隻被餵飼料的小貓一樣，立刻就把牛奶糖拿走了。

把包裝線撕開，專心用手指拿出一顆糖，用指甲摳著把包裝紙打開……那動作就跟小孩子一樣。

不，她確實就是個小孩子啊。畢竟怎麼看都應該比我小個兩、三歲。

「來，一顆給哥哥。」

她露出天真無邪的微笑拿一顆糖給我……

於是我吃著現在也沒有說特別想吃的牛奶糖，準備坐上到站的公車。

因為車上也有乘坐著其他許多學生，所以我放開GⅣ的手，但是仍不放鬆警戒——不過她也沒有因此就跑向醫院的方向。看來是因為我接受了她的條件，所以她願意聽我的話了。

（真是個讓人摸不著頭緒的傢伙……）

我轉身坐上公車……而GⅣ似乎沒坐過公車而呆了一下，接著畏畏縮縮地跟在我身後踏上公車。

公車上的乘客有點多，於是我跟GⅣ抓著手把，隨著車子搖晃。

因為GⅣ莫名其妙地避開其他男學生而在車內移動，所以我只好不得已地跟著她站在女學生比較多的後車門附近了。

而說到車上的學生們……嗚嗚……

很明顯都在注視著GⅣ呢。

哎呀……我也不是不能理解，因為GⅣ身上穿著武偵高中的水手服啊。

雖然外表看起來像國中生，不過像這樣的美少女居然至今為止都沒有人知道的話……會變成注目的焦點也是沒辦法的事情吧？

但是問題就在於，帶著她的人是**我**啊。

我聽到了喔。很不幸地也坐在車上的二年級女生——鷹根、早川、安根崎——總是迅速又廣泛地將我的壞話廣播出去的通信科三人組……又竊竊私語地說著「『花花公子』又換女人了。」「這次是國中生？」「果然，之前那個疑惑是真的呀。」等等、等等。妳們感情真的是有夠好的啊。還有，之前那個疑惑又是什麼？

「喂，GⅣ。」

我用超小聲的聲音對GⅣ說話，於是她「？」地歪著小腦袋把耳朵湊過來了。

「妳為什麼要穿著武偵高中的制服啦？這不是害大家以為妳是轉學生了嗎？」

「因為巴斯克維爾的女人們都穿著這套衣服呀……所以我以為哥哥喜歡這套衣服嘛。」

GⅣ笑著抬頭看向我，

「不過，說得也是……轉學生呀，那是個不錯的點子呢，哥哥。嗯，就這樣吧，我也要到這間學校上學。既然身為哥哥的妹妹，就必須要學學日本的文化才行呀。」

接著又開口說出這種話。

真是禍從口出——看來我真的多嘴了，說什麼轉學生啦。

這傢伙一定會真的那樣做啊。雖然我不知道她要用什麼方法，不過畢竟她似乎很有行動力呢。

窸窸窣窣……

（……嗯？）

窸窸窣窣……窸窸窣窣……

公車上開始傳出些微的騷動。

「哥哥……？」「她是不是說了『哥哥』？」「金次的妹妹怎麼可能這麼可愛。」「搞不清楚狀況了啦。」「可是，她剛剛確實說了『哥哥』。」「是妹妹嗎？」

糟了……這些……該死的白痴……！

明明上課的時候就什麼話都聽不進去的，為什麼偏偏像這種時候就聽得一清二楚啦！

「喂、喂，大家聽我說，這是那個、就是、有些複雜的內情……」

就在我慌張得不知所措的時候，

「——妳、妳是遠山同學的妹妹嗎？」

通信科的鷹根就無視於我的存在，直接對GⅣ進行突襲訪問了。

「是的，我是妹妹。」

GⅣ露出清純的笑臉……

（居然說出來了啦……！）

什麼———！

車內陷入了一片大混亂。

每個傢伙都從座位上站起來，一窩蜂地衝到我們身邊。

「喂！別推啊……！」

我為了保護GⅣ纖細的身體，將手抵在車門上將她擋在身體下。

而GⅣ則是一時之間對我的動作感到驚訝地呆了一下後……

「請、請問大家是怎麼了？我只不過是個普通的妹妹呀。」

因為她雖然呆著臉，可是卻依然刻意地強調「妹妹」這個詞，結果坐在公車後的女生們開始了一場大騷動。前面的男生們也群起興奮起來，「喀嚓！」「嗶！」「滴滴滴滴！」地瘋狂拿起手機拍照了。

包含鷹根在內的通信科三人組也露出閃亮亮的眼神，進入採訪模式了。

「妳幾歲？」「十四歲，比哥哥小兩歲。」「明明是金次的妹妹卻這麼可愛！」「我覺得哥哥也是很帥氣的。」「皮膚好白！好像混血兒！」「因為有50％的去氧核醣核酸是高加索人種的關係。」「……？那個、興趣是什麼？」「欣賞MLB。」「喜歡的一句話呢？」「悖德。」

話說GⅣ啊，原來妳在公共場合會用敬語啊？這個裝乖小孩的傢伙。

不過……這下子在某種意義上，被搶先出手了。

遠山金次有個妹妹。

在這一瞬間，這件事情被當成事實了。

GⅣ大概也是抱著這種打算吧？回答問題的時候總是裝作若無其事地穿插著「哥哥」啦、「妹妹」之類的詞彙。

「——名字叫什麼呢？」

這時，一個女生提出這樣的問題——

「遠山基沃唔唔。」

於是我趕緊用手摀住了差點脫口而出的GⅣ的嘴巴。

——這個笨蛋！

叫「遠山GⅣ」也未免太奇怪了吧！再怎麼說也至少應該是「GⅣ・遠山」吧？不不不，問題不是在姓名的順序啊。明明哥哥的名字是百分之一百的日本名，要是妹妹的名字變成外來語的話——會讓已經很難解釋的現況變得更難解釋清楚啊！

「遠山！為什麼不讓妹妹說自己的名字啦？」

「就是說呀，金次！名字啦！妹妹的名字叫什麼！」

「我們要寫在新聞海報上呀，快點讓她說呀！」

民眾開始武裝暴動，我只好拚命絞盡我這顆根本不是爆發模式的腦袋。

「這、這、這傢伙的名字是……唔……」

必須要想個很像我妹妹的名字才行——！

遠山兄弟的名字是「金一」跟「金次」，所以要加個「金」字會比較自然吧？金子？不，太奇怪了，那根本是一百年前的命名眼光。再用力想啊，金次。

用其他念法——金（Kana），對了，就用訓讀吧。（註4）可是，叫加奈（Kana）就變成大哥了，那就在那下面再加個字吧。要加什麼？我想想——這傢伙是個女的，就加個「女」怎麼樣？

——金女（Kaname）——

好，這樣至少就像個人名了！

「這、這傢伙叫——叫遠山金女啦！」

「咦？」

因為GⅣ抬頭看向我，於是我趕緊用手遮住她那張驚訝的表情。

「遠山金女！」「金女妹妹！」「好可愛！」「金女！」「金女！」「金女！」

註4　日文的漢字念法分成「訓讀」與「音讀」兩種。「金次（Kinji）」的「金（Kin）」為音讀，而「Kana」則為訓讀。

學園島的環島公車上，「金女歡呼」此起彼落——

而我則是感到視線一整個開始扭曲了。

這……這下到底是要怎麼辦啊……！

我在下一個公車站腳底抹油逃出公車後——來到的是車輛科的立體停車場前。

環顧四周，一個人影都沒有。

不，是有一個人影。一名強襲科的高個子學妹，拿著一把左輪手槍——S&W的……遠看看不清楚是M29還是329還是629——躺在長凳上呼呼大睡著。

從她身上到處沾滿泥巴的樣子看來……應該是打架輸了，然後躺在長凳上恢復體力的時候不知不覺睡著的樣子。明明拿的是一把使用麥格農彈的手槍，也不把它裝回槍套裡，真是個粗心大意的傢伙。

不過……既然她在睡覺，應該就聽不到我們在說話了吧？

我如此判斷之後，讓GⅣ站到我的面前。

「我說妳，到底是想怎麼樣？剛才那樣做，已經讓那群傢伙——」

就在我開始說教時……

GⅣ這次……換成抱住我的身體了。

——年輕少女特有的甘甜香味，還有緊緊貼在我身上、未成熟胸部柔軟的觸感。

遭到嗅覺跟觸覺雙重攻擊的我，不禁感到不知所措——

「……金女……我叫做、金女……」

而把臉埋進我胸膛的GⅣ則是……又發出哭泣聲了。

不過跟剛才那種因為生氣而哭泣的聲音不一樣，這次似乎是因為喜極而泣的樣子。真是個感情起伏激烈的孩子。

「金女……是名字對不對？是人類的名字對不對？」

「廢、廢話。就是因為妳把狀況搞得非要取個名字才行——」

「我的名字……哥哥幫我取的名字。好開心……我好開心喔……嗚……嗚……」

「搞、搞啥啦？為什麼要哭啦？」

「因為我太高興了。」

「高興什麼啊？」

「名字。人類的名字。我之前都沒有的。哥哥……幫我取了一個名字。我第一次、被當成一個人類對待了。太好了……真是太好了……就跟我在夢裡見到的一樣……我的哥哥……果然是個非常溫柔的人呢……」

「喂……」

……正當我準備接著叫她GⅣ的時候——接不下去了。

總覺得，不能再這樣叫她……

我說不上理由，就是這樣覺得。

（該死，到底是怎麼回事……）

我為了壓抑混亂的心情，用力搖頭。

只不過是看到對方哭泣而已，我為什麼要變得這麼感情用事啊？

女人的眼淚……那又如何啦！至今為止不是就因為那種東西，害我老是遇上麻煩事的嗎！

不管這傢伙再怎麼哭再怎麼鬧，我絕不會承認的。

這傢伙，絕對不是我妹妹。

「我、我會幫妳取名字是因為……是因為那些傢伙面前，我不得不那麼做而已啊！」

我才沒有什麼妹妹。

「妳根本不是我妹妹。我是——」

「——嗯，沒關係，我知道哥哥沒辦法立刻承認。因為，至今為止……我已經被否定了好幾次，所以我很清楚了。」

GⅣ用她那雙溢滿淚水的大眼睛看向我，哽咽地說著……

或許是因為聽到我剛才那句話而感到受傷了，她的眉尖難過地垂下……

但是依然，堅強地微笑著。

就好像是在懇求我：『要怎麼說我都沒有關係，但是不要討厭我。』

「啊、不……」

為什麼？我明明就知道她是個危險的傢伙……可是我……

為什麼就是沒有辦法對她表現得冷淡？

是因為她是個孩子氣、年紀比我小的少女嗎？

總覺得……不可以做出真的傷害她的事情。

「不過，拜託，現在只要答應我一個願望就好了。」

「……什麼啦……」

「以後就叫我『金女』，不要再用產品編號叫我了……就算是只有跟哥哥在一起的時候也好。」

那個……怎麼說……

因為剛才那件事，讓「金女」這個名字已經傳遍學校了。

要是只有我叫她「GⅣ」的話，搞不好反而會讓事情變得更麻煩也不一定。

「好……我、我知道了。」

「……！」

GⅣ——金女只是因為我接受了她這麼一個願望而已……

就露出充滿幸福的表情看著我，全身還不斷顫抖著。

然後像是在用心感受那份幸福般，用額頭不斷摩擦我的胸口。

「哥哥。我是金女，我叫做、金女——金女、叫金女。」

她用充滿淚水的聲音，不斷重複著自己的名字。

有那麼值得高興嗎……明明是我只花了五秒鐘左右想出來的名字。

……早知道這樣，我似乎應該再認真想個好一點的名字的。

看到金女抬起頭，對我露出像是小貓被人搔脖子時的表情——我不禁稍微對自己隨隨便便的個性感到後悔了——就在這時，

「——嗚……！」

我看到從剛才那個躺在長凳上的學妹手上——手槍從她身上滑落下來，往地面掉落。

「——！」

而金女她——

用超乎人類的速度，轉身面向那個方向，然後張開雙手。就在那一瞬間。

——磅！

掉落到水泥地面的手槍走火了。

在聽到槍聲的同時，碰！

金女的背部撞上了我的胸口。

「……嗚！」

噹！……一顆子彈掉在金女的腳邊。

「啊、咦……？——請問妳沒事吧！」

因為槍聲而驚醒的學妹臉色發青地睜大了眼睛。

「如果我是一般人的話，妳就會因為過失殺人罪——至少被判個無期徒刑了。既然要拿沒有安全裝置的左輪手槍，第一發子彈就要拿掉才行。請妳現在立刻離開現場，我不會對任何人說的。」

聽到GⅣ這麼一說……

一年級生點頭如搗蒜後，趕緊撿起滾到遠處的S&W，匆匆離開。

「——哥哥，你沒受傷吧？對不起，我的背部撞到哥哥了……」

金女轉身過來後，用手抓著被子彈擊中的水手服胸部。

一定很痛吧？畢竟就算穿著防彈制服，但是擊中她的是點44麥格農彈——不是削到邊，而是幾乎垂直命中。

那衝擊力應該搞不好會打斷肋骨，就算死了也一點都不奇怪才對。

「我、我才要問妳有沒有事啊。」

「我沒事。畢竟穿的是這種衣服，而且對點44口徑手槍的衝擊訓練，我已經做過好幾百次了。」

「訓練……？話說回來，妳為什麼會察覺到？剛才走火的時候，妳應該是背對著手槍的啊。」

「因為哥哥的眼球上映出了那名學生的手槍掉下來的場景，也看到那把槍是將槍口對著這邊的狀態下被扣下槍機的，而且手槍看起來很舊很危險。」

從、從我的眼睛……看到那一幕情景的嗎？而且還看到那麼細部的情況。

不，雖然這件事很值得驚訝……但是還有另一件事也讓我感到驚訝。

這傢伙剛剛很明顯地——

用自己的身體當盾牌了。

為了——要保護我。

而且她一點都不會為了這件事情邀功，還不顧自己的狀況，先來擔心我的身體。

金女是打從心底，真心要保護我的。

抱著就算因此犧牲也在所不惜的堅強意志。

——在我的心中，對於金女這個存在越來越搞不清楚了。

金女。

妳到底是何方神聖？

3彈　深海色的祕密

我帶著不管是自稱還是公認都徹底變成我妹妹的「遠山金女」回到男子宿舍後——

「……？」

因為白雪最近為了文化祭的工作而都不在的關係，房間內原本應該是很凌亂的……可是現在卻被整理乾淨了。

不，是乾淨過頭了。

首先，鞋櫃中除了我的鞋子以外，其他鞋子都消失得一乾二淨。客廳跟小房間裡也是，不管是亞莉亞丟在沙發上的心型抱枕、白雪的衣櫃、還是理子那些堆積到快要頂到天花板的待玩遊戲，全都不見了。

可是……我的東西卻一樣都沒有消失。

感覺就好像時光回溯到當初亞莉亞還沒硬搬進來之前一樣。

「喂，那個……金女，妳剛剛是不是有說過妳非法入侵我房間之類的事情……」

我問道。而在一旁的洗手間中洗著手的嫌疑犯則是……

「這裡是遠山家呀，所以遠山金女進來這裡是**正常進入**。家人是可以住在這裡的。」

然後「咕嚕咕嚕呸～」地漱口。

仔細一看，金女拿在手上的漱口杯是跟我的漱口杯同型不同色的對杯呢。

她是從哪裡弄到手的啊？這樣看起來不就真的像感情很好的兄妹了嗎？

「總覺得，好像有很多東西不見的感覺……」

「沾有那些人味道的東西，我全部都裝箱寄到醫院去了。」

金女一臉不悅地撇開頭說道。

「妳又做這種火上加油的事情……」

「有亞莉亞味道的抱枕，我是撕得破破爛爛之後才寄去的。還有那些沒品味的黑內衣或是色色的遊戲——我全部都用剪刀剪破或是用手折爛，真的很累人呢。」

「…………」

「應該差不多快要寄到了吧？粉紅頭那群人應該一打開箱子就會嚇一大跳。呵呵，光是想像起來就不禁感到心頭雀躍呢。」

她用一臉黑到可以的表情說著這種話，還露出陰沉的笑臉——害我的背脊感到一陣涼意。

怎麼會有這麼陰險的女孩子啊？連欺負亞莉亞時的白雪都比不上啦。

身為一名長輩，這時應該要好好警告她一下才行吧？

「金女，我說妳啊。」

「嗯？」

就在我搔著後腦袋、擺出有點生氣的表情時……

金女卻一臉「怎麼了嗎？」的樣子，用完全不覺得自己做錯事的眼神看向我。

「那個……我知道妳似乎看亞莉亞她們不太爽，但是妳的做法太骯髒了。一下又是夜襲，一下又是趁人不在時破壞私人物品。」

「……咦、為什麼要生氣呢……？」

「雖然這是不得已之下形成的關係，但是既然妳要自稱是遠山家的一員，從今以後就不准再做這種卑鄙的事情。知道了嗎？」

我用不許對方反駁的強硬語氣說完後……

金女露出一臉嚇呆的表情抬頭看著我，接著點了點頭。

嗯……？怎麼這麼老實就點頭啦？

「我、我知道了。那我會努力學習什麼叫做『卑鄙的事情』，然後從此以後都不再做了。」

總覺得，她好像很害怕被我討厭的樣子。

身體還微微在顫抖呢。

「可、可是——我也有一件事情要警告哥哥的！」

金女像是在重振自己的情緒般用力搖搖頭後……

用充滿堅強意志的眼神再次看向我。

「哥哥挑選女人的眼光太糟糕了！矮冬瓜、裝清純、假仙鬼、沉默女——哥哥包養的盡是那種古怪貨色！」

「……什麼啦？」

看到金女火冒三丈地扳著指頭細數的樣子，我不禁感到有點畏縮了。

什麼叫「包養」啊？妳當她們是動物嗎？她們好歹也是人類吧？

哎呀，靠著剛才那四種蔑稱就可以知道她是在講誰的我也沒資格說什麼啦。

「聽好囉？哥哥是這世上最棒的男性，可是哥哥在這方面的自覺還不夠。那種『只要是女的，誰都沒差』的想法要丟掉才行。那些女人根～本就配不上哥哥。太・不・合・理・了！」

金女豎起食指，嘮嘮叨叨地開始進入說教模式了。

看來她對於亞莉亞住到我家來的事情感到非常火大的樣子。

哎呀，在那點上我也同意啦。畢竟我也因為那群人一副定居在這裡的態度感到很無奈啊。

「——那種女人要當哥哥的女朋友，簡直不可原諒。或者說，這裡全部的女人都不許這麼做。所以說，答應我一件事。」

「什麼啦？」

「答應我，不要去碰也不要去抱除了我以外的女孩子。」

「什麼答應不答應的，我本來就不想碰也不想抱什麼女孩子！誰要做那種事情啊！」

「──那就答應我，向我發誓，不會去碰除了我以外的女人。」

「好，我發誓！」

「要是讓我看到有哪個女人跟哥哥黏來黏去的話，我就把她刺殺得不成人形！」

「喂、喂！我說妳也是，不要動不動就說什麼殺人的啦。如果妳想待在我身邊的話，就不管發生什麼事都禁止對人做出一切暴力行為，知道了嗎？」

我加重語氣說完後──

金女便凝視著我……

又很老實地點點頭了。

感覺就好像是真的妹妹一樣。

「……」

當我不禁懷疑「她真的知道了嗎？」而用力瞪向她的時候──

「……啊……」

金女則是眨也不眨眼地抬頭看著我近距離瞪著她的眼睛……

……嘩……

然後莫名其妙就臉紅起來。

「哥、哥哥……」

「這次又是什麼事啦？」

金女被我一問後，又開心、又害臊地——

嘴角露出一副羞澀的笑容，然後低下頭。

「好、好帥。」

「啥？」

「好帥喔。剛剛那種銳利的表情，讓我忍不住小鹿亂撞呀。而、而且，一想到從今以後要兩個人獨處就……好像、快要爆發了呢。不知道、這次有沒有辦法呢？」

「……？」

「糟了。」

「什麼糟了？」

「真的好喜歡。」

「喂、喂……」

「喜歡。喜歡。好喜歡。該怎麼辦呀？」

低著頭的金女，不管是耳根、脖子後、還是透過頭髮可以窺見到的臉頰都變得通紅。

看來她是臉紅了，而且是很激烈的那種。

雖然我希望那不是真的，可是從氛圍上來看，她說的話感覺肯定百分之百是真心的呢。

「我、我說妳啊，妳從剛才開始就一整個矛盾喔？」

「為什麼？」

「雖然我不承認，可是妳好歹自稱是我的妹妹對吧？」

「才不是自稱呢，是真的。」

金女抬起依然紅通通的臉，用力說道。

「……既然妳這樣說的話，講什麼喜歡不喜歡的也太奇怪了吧？」

「咦？為什麼？」

「為什麼要露出一臉真心感到疑惑的表情啦！這世界上哪裡會承認什麼喜歡哥哥的妹妹啦！」

「？　？　？」

因為金女看起來似乎真的不懂我在說什麼，於是……

「我是說，有血緣關係的人講那種話，會有問題啦。」

我只好不得已地仔細向她說明這種光是說出口都感到羞恥的一般常識了。

「血緣關係這種事情根本是小問題呀。」

「是根本性的大問題吧！給我去好好讀熟日本的法律啊！」

「那是我才要說的呢。結婚雖然是違法的，可是戀愛是合法的呀。」

該死……一個不法之徒居然在那邊跟我大談法律。

就在我莫名其妙被反駁得無話可說的時候——

「——哥哥！喜歡、喜歡喜歡、好喜歡！許歡、豪許歡……」

金女趁機又靠到我身上，像隻小貓一樣撒嬌起來。

總覺得她好像變成醉茫茫的恍惚狀態了呢。我是木天蓼嗎？

「不、不要抱住我啦！再說、重點是、我這種人有什麼好值得喜歡的啊？」

我用充滿疑惑的眼神看向眼前這個雖然算是美少女、可是很多地方很怪異的金女。

而她則是維持著全身有點軟趴趴的狀態……

「就是呀、就是呀、有很多很多——像是、長相啦……」

「長相？我說……妳最好去一趟眼科比較好。我的長相可是在女孩子之間有著『陰沉』的惡評喔？」

「才沒那種事呢，很帥的。」

從金女的眼神看起來，她是無敵認真、當真這麼想的樣子。

「哪裡帥啦。我啊——」

金女打斷我想說的話，又緊緊抱住我的身體。

然後，用她的手撫摸著我的背部。很溫柔地。

好、好癢！讓人忍不住豎起雞皮疙瘩了。這哪招？

「還有呀……那個很溫柔的個性我也好喜歡。哥哥對我超級溫柔的，還會買牛奶糖給我吃。」

「拜託，妳是被糖果誘拐的小孩子嗎？那種東西，才區區一百零五元而已喔？」

「價錢不重要啦。我還有把包裝紙留下來喔。我會在上面寫今天的日期，然後一輩子保存起來。」

「……」

剛才我那句『我這種人有什麼好值得喜歡？』似乎是個地雷的樣子——

金女接下來又永不止息地訴說著「我喜歡哥哥的這裡」之類的話，稱讚、禮讚、絕讚如驚濤駭浪般滾滾而來，害我聽得雞皮疙瘩掉了滿地。那簡直可以算是在崇拜神明的程度了。

就連我因為不想繼續聽下去而跑去泡咖啡的時候，她也依然跑到我旁邊不斷瘋狂稱讚。

看來，從金女的世界滿溢出來的愛慕之情已經沒有人可以阻擋了。

這、這女的果然不太正常啊。

居然會如此喜歡我的事情……我看我應該勸她去的不是眼科，而是腦神經外科才對。

雖然金女剛才答應了我「禁止一切暴力行為」的命令，可是我還是沒辦法立刻就信任她。

要是我把她趕出門的話，難保她又會跟亞莉亞她們引發全面性戰爭。

所以說……

我只能不得已地、萬般不得已地、讓這個奇怪少女——金女留在我的房間裡了。

而且，金女是GⅢ派來的使者。對師團來說，她也算是個客人啊。

（雖然他們對我提出「羅密歐」這種鬼扯至極的任務……）

我以前聽不知火說過：羅密歐任務跟一開始就直接用「身體」引誘對方的甜蜜陷阱不一樣，而是必須從「讓對方對自己抱有好感」開始才行。

不過，現在看起來，那個第一階段應該已經完成了吧？畢竟金女似乎打從一開始就莫名其妙地對我抱有好感的樣子。

可是，接下來又該怎麼做……我不知道，也一點都不想去查。

於是就逃避現實地讀著書、看著DVD——不知不覺就到晚上了。

順道一提……這段時間中，金女就像是認錯母鴨的小斑嘴鴨一樣，一直跟在我的後面，甚至連我在上廁所的時候都站在廁所門口痴痴等待。

我坐在沙發上看電視的時候也是一樣，她一直都坐在我的身邊笑嘻嘻地看著我。

一般的男性如果有個像這樣的美少女坐在身邊的話，應該會感到很開心吧？但是現在是發生在我身上的情況。因為實在被她搞得不太高興，於是到了傍晚的時候，我就嚴厲地對她說了一句：「很礙事，給我到旁邊去。」

結果她就換成站到廚房布簾後面，只露出半邊身體跟臉，然後一直看著我。整整兩個小時。

那樣子讓我感到很毛，於是我又生氣地說了一句：「那也不要做」——

結果她就躲到廚房裡面去了。

「……」

總覺得如果轉過頭去看她的話就輸了，於是我決定繼續看我的電視……

唰——、唰——……

（……？）

廚房好像傳來什麼怪聲音的樣子。

唰——、唰——、唰——……

過了三十秒，我終於認輸而轉頭一看，

「嗚！」

忍不住叫出聲音來了。

金、金女她……居然拿出磨石在研磨我房間的菜刀。

而且身上穿的還是水手服搭配輕飄飄圍裙（似乎是把理子的東西占為己有了）。

「妳……妳在做什麼啊？」

「準備做料理呀，哥哥。」

——我不是妳哥哥。

事到如今，繼續跟她強調這一點似乎也顯得愚蠢。

雖然覺得這樣好像是我在耐性上輸給她，不過算了，還是別吐槽了吧。

「這是一把好菜刀呢。」

金女拿起手上的大菜刀「亮」了一下，還對著我露出微笑。

該怎麼說……金女她……在拿著刀具的時候，表情有一種獨特的恐怖感啊。

搞不好她其實很喜歡刀刃之類的東西。感覺好像變了一個人似地，雙眼還微微僵直著呢。

「那……那把聽說是關市的品牌貨，妳可別弄壞啦？那可是白雪的東西。」（註5）

「那種事，我靠氣味就知道。可是因為是好東西，所以我就沒收了。這件圍裙也是喔。」

註5　關市位於日本岐阜縣，以製刀聞名於世。與德國的索林根以及英國的雪菲爾齊名。

金女用食指將菜刀轉了一圈後，啪！
逆手拿刀，並且把刀放到砧板上。
「我們家是兄妹兩個人，所以料理由妹妹負責。我從今天開始，會每天親手做熱騰騰的料理給哥哥吃喔。」
「幹麼這樣……做料理根本不合妳的形象吧？妳為什麼那麼想做啦？」
「我要取代星伽白雪的機能。」
「……？」
「神崎亞莉亞、星伽白雪還有峰理子，她們明明就不是家人可是卻住在這個房間裡。也就是說，那些女人對哥哥而言具有良好的機能對吧？所以我只要把那些女人至今為止的機能全部取代掉，那些人就沒有用處了。怎麼樣？很合理吧？」
金女露出小惡魔般的笑臉後——
將一副緋色的有色墨鏡戴了起來。
那東西……我有看過。
就是她跟亞莉亞那些人戰鬥時所戴的東西。
「那是什麼？應該不是武器吧？」
「特拉納—— The Tella Net Assist System——嗯——該怎麼解釋呢？把手機、網路、廣播跟軍用無線電合在一起的東西？就是一種高次元的情報界面啦。雖然我本身需要經過一些調整訓練，而且用眼球運動也可以達成一部分的操作——不過這最主要是一種可以讀取腦波模式，然後在我思考的同時顯示出建議的東西。現在也有顯示喔。」

「顯示……可是……我什麼都沒看到啊？」

「從那一面是看不到的啦，這個顯示器是用光學多層膜做成的螢幕，上面有鍍一層半透明、像魔術鏡片一樣的類液晶薄膜。必要的情報會持續顯示在上面，感覺就像腦中的想法跟網路直接相連一樣。」

「……那種東西我連聽都沒聽過。哪家公司出的啊？」

「非賣品。因為還是測試機，所以很貴喔？一個末端機大概就要二～三千萬美元吧？只有五角大廈跟洛斯阿拉莫斯在使用。對我來說就是我的手機。」

二～三千萬美元……？

一美元換算大概是八十元日幣，所以說是——兩、兩億元左右的手機啊！

就在我驚訝得睜大眼睛的時候，金女這次將放在桌上的一個看起來像ＰＣ遊戲的盒子打開來了。

……那個包裝，雖然很丟臉，不過我好像有看過呢。

那不就是以前，我拜託理子去調查亞莉亞的情報時，做為報酬而買給她的——所謂「美少女遊戲」的東西嗎？「妹妹是歌德蘿莉少女」，簡稱「妹蘿」啊。

「喂，妳那個是……」

「遊戲。這也是從峰理子的東西中沒收過來的。因為那個假仙女，似乎是靠著這類的遊戲在學習如何做出讓哥哥喜歡的行動呀。」

金女拿出一個像鑷子的裝置，把從盒子裡拿出來的遊戲光碟夾住。

接著……咻嚕嚕嚕嚕嚕……被夾起來的光碟就開始旋轉了。

可以看到她ＨＭＤ（頭戴式顯示器）下的雙眼在微微轉動。看來是用鑷子讀取光碟，然後利用無線連接的那個叫「特拉納」什麼的裝置在調查內容的樣子。

「尤其當中的這一款，似乎是以妹妹為主題的戀愛物語。為了要讓哥哥喜歡我，我也會努力學習的。」

「不要學那種東西啦！而且，那個可是R限定還是成人限定的——總之就是妳的年紀還不可以接觸的內容啊。」

「唔，唔，看來料理還是簡單一點比較好的樣子呢。」

金女對我的指責充耳不聞，把光碟跟讀取裝置放回桌上——

「而且，妹妹做料理果然是正確的選擇。從內容看起來，哥哥跟妹妹的關係並不是靠偶然接觸，而是從日常生活的橋段開始進入的樣子。還有，在做料理的時候——要像這樣？」

說著，就把屁股朝向這邊了。

穿著水手服的背部、從兩旁可以窺見的圍裙……綁在背後的白色蝴蝶結下方，短裙底下伸出一雙白皙的大腿。

當金女準備著鍋子或是木製長調羹的時候，她的裙子就跟著她的動作一飄、一飄地飄動著。實在是很誘人的景象。

如果是正常男人的話……應該會忍不住想要摸一下、妨礙她做料理吧？就跟忍不住會對逗貓棒出手的貓一樣。

「在做完料理之前，可愛的妹妹要一直像這樣——對哥哥毫無防備地露出背部。哥哥，怎麼樣呢？有沒有對妹妹的裙下風光湧出一點興趣了呢？」

「不、不要說那種噁心的話。」

「在遊戲剛開始的時候，稍微摸一下好像也沒有關係喔？還有出現『從背後掀裙子』的選項呢。」

金女將半邊側臉轉過來，露出像是在讀取我想法般的妖豔眼神。

「白痴啊，我會選的選項是『無視』啦。」

我把臉別開，於是金女說著「哥哥真不合理～」之類的話，然後……

打開冰箱，看著裡面裝的東西——

嘰。嘰。

連接在她面罩上、伸向耳朵後方像偵測器一樣的東西開始蠢動。

「嗯，嗯，冰箱裡有這些材料的話——就來做咖哩飯吧。」

從她拿掉面罩對我微笑的樣子看來……

大概她剛才也是利用那個特拉納什麼的，在查詢冰箱的材料可以做的料理吧？

利用價值幾億元的裝置做的事情，居然是讀取美少女遊戲跟查食譜。

在五角大廈還是哪裡的開發者聽到了應該會哭吧？

「哥哥——做好了喔——！」

被金女充滿活力的聲音呼叫，於是我走進客廳一看……她竟然真的做出咖哩來了。

雖然味道聞起來應該很好吃，不過我依然——保持最低限度的警戒心，把放在眼前的盤子跟金女的盤子調換過來之後，才坐到我的座位上。

「討厭啦，我才不會下毒呢。」

金女苦笑了一下後，開開心心地坐到我的對面。

咖哩飯的外觀看起來非常普通，於是我嘗了一口……

普通好吃。哎呀，咖哩飯這種東西不管誰來做都會好吃的啦。

抬頭一看，金女也一口接著一口地吃著咖哩。

「這種事真是讓人開心呢。」

「那也是遊戲的臺詞嗎？」

「才不是。遊戲頂多只是參考程度而已。這是我真正的感覺，我現在很開心。」
「有什麼好開心的？」
「這就是家庭，這就是家人呀……這樣。因為這種事情，我是第一次。」
「在家吃飯這種事？」
「對呀。而且吃的不是營養劑或是高濃縮卡洛里注射……而是普通的東西。真好吃。啊，稱讚自己做的東西好像也有點那個呢，哈哈哈。哥哥覺得呢？好吃嗎？」
「是啊，很好吃。」
因為味道真的還不錯的關係，所以我很自然地就這麼回答……
結果金女就露出一臉羞澀的表情——看我一眼、吃一口咖哩、又看了我一眼，一直重複同樣的動作。看起來非常非常開心。
只不過是在家裡吃咖哩而已，居然就可以這麼幸福的傢伙，我還是第一次見到。
「妳也是有自己的家吧？」
因為我希望她可以快點回到那裡去，於是這麼說完後——
「我才沒有什麼家呢。雖然是有住的地方，可是那根本就不是家。」
金女露出有點悲哀的表情，如此回答我。
總覺得……有一種在藏匿逃家女孩的氣氛啊。
「這裡是對我而言的第一個家。這裡是屬於我跟哥哥——遠山家的、家人的家。可以住在這個家的，就只有家人而已。而家人，就只有我跟哥哥而已。所以說，在家裡的話，我就可以一個人獨占哥哥。這就是身為妹妹的特權呢！」

「……」

金女只是因為這段短時間、而且還是半強制性地跟我玩了一段扮家人遊戲，就已經高興得忘我了。

不過……不可思議的是……

或許也是因為我平常老是都在吃便利商店便當或是白雪做的豪華料理──這兩種很極端的食物，所以像這種普通的晚餐……該怎麼說……

有一種很懷念、還不錯的感覺。

會讓我回想起還是小孩子的時候，跟家人一起享用的晚餐。

甚至就連味道──都感覺有點像當時嘗到的味道了。

──隔天早上，我被金女用湯勺狂敲平底鍋的「妹妹鬧鐘」叫醒之後，吃了她準備的烤吐司以及荷包蛋……不過，這次就沒再交換了。

仔細一看，金女似乎一大早就起床做完家事了。家裡面變得很乾淨，陽臺上還掛著剛洗完的衣物。勤奮的程度簡直跟白雪一樣。

然後，兩個人一起坐公車，在車上不斷受到武偵高中學生們的好奇眼光……

金女在教務科大樓前下車後，便消失了蹤影。

雖然讓她一個人亂跑有些不安……不過，至少昨天有做好約定了。

而且，我好歹也還算是個武偵。除了跟她的約定之外，我也多少做了一些**預防措施**。雖然稱不上是完美啦。

（不過那傢伙，真的有那麼容易就可以轉學進來嗎？）

腦袋想著這樣的事情，等到一般科目的課程結束後……

因為到了午餐時間，於是我站起來準備前往食堂時。

「那個……可以麻煩你幫我叫我的哥哥嗎？我叫遠山金女。」

從教室後方的門口，傳來了金女的聲音。

「……嗚！」

我轉過頭去，果然看到穿著水手服的金女……跑來了……跑到我的教室來了！

女孩子們大叫著「好可愛喔——」然後笑嘻嘻地摸著金女的頭，而眼光銳利的男孩子們則是開始騷動起來。

「喂、喂……！妳來這裡幹麼啦！」

我慌張地走向後門，結果男孩子們居然也成群跟在我的背後。搞、搞什麼啊，你們？

「真是的！哥哥，你忘記帶便當了啦！」

剛才明明還講話客客氣氣的金女，在面對我的時候突然變得口氣強硬起來。表現就像是真的妹妹一樣。

接著，啪！

把裝著三明治的小籃子塞到我面前來。

我雖然順勢把籃子接過來了，可是，我根本就沒聽說過什麼便當的事情。她到底在打什麼鬼主意？

「出現啦！謠言中的妹妹！」「居然真的存在啊！」「超可愛的啦——！」「簡直不敢相信是金次的妹妹啊……！」

那是當然的，因為就連我自己都不相信啊。

「金次，你到底要當人生贏家到什麼程度啊！」「居然有個這麼美人的妹妹！」「太讓人羨慕啦！」

氣氛高漲的那群男孩子，開始對我又是敲頭又是踹腳地騷動起來。

「住手啦，為什麼我要挨揍啊！」

就算有個美人妹妹，身為哥哥也沒什麼好高興的吧！

不，畢竟我只是個新手哥哥（雖然這是金女主張的），所以也不太清楚啦。

我把糾纏著我大叫「跟我家的妹妹交換吧！」的武藤甩開、拿起沙漠之鷹喝止那群男孩子後，把金女推到了走廊上。

接著——忍耐著疼痛的右膝——快步跑上樓梯，把金女拉進一間沒有人的預備用置物櫃房間內，扣上門鎖——

（……嗚！）

這時我才察覺到……剛才那個也是金女的作戰之一啊。

這傢伙為了要讓我不得不承認她是我的妹妹，所以想把「遠山金次的妹妹」的存在印象加深在大家的腦海中。

靠著像剛剛那樣、刻意演出一段「與真實妹妹的日常片段」這樣的手段。

……明明年紀比我小，可是腦袋還真好啊。

「喂，金女！不要到二年級的教室來啊！」

「嗯，我不會再去了。」

看到她對著我開心笑的樣子，果然如我所猜測的，她的目的——強調自己的存在——已經達成了吧？

「不過……像這樣在學校裡面相見，總覺得好興奮呢。該怎麼說，有種公私不分的感覺？明明我在家裡是一個人獨占哥哥、卿卿我我的，可是在這裡就要對大家保密。這就是悖德行為的醍醐味呢，感覺好棒喔。一定有很多暗戀哥哥的女人們——現在一定覺得很不甘心吧？嘻嘻！有種優越感呢。」

看著金女羞澀地用雙手捧著臉頰不斷說著——而當我準備對她剛才的行動以及發

言進行說教的時候，

「我聽說好多跟哥哥有關的事情喔，從朋友還有學長姊那邊。」

「什麼……？」

「好多人都說，哥哥『以前是個厲害的強襲武偵』呢。強襲科的學生中，就連學長姊都對哥哥有很高的評價。果然哥哥很強呢。雖然冷淡的個性從以前都沒變。」

居然……給我去打聽那些多餘的情報。

「我的過去跟妳沒有關係吧？以前只是……有點叛逆而已啦。」

「只要是跟哥哥有關的事情我全都想知道嘛。啊，還有啊，」

金女這時露出一臉調皮的笑臉。

「上午休息時間的時候呀，我被一個不認識的男生──帶到一個沒有人的地方去了。」

「什麼……？」

「然後呀，他給了我一封信。我猜應該是情書吧？」

喔喔……是那方面的話題。

居然有人手腳這麼快啊？

「……」

我因為聽到我不擅長的話題而沉默下來，於是金女從裙子的口袋中拿出了一個信封。

「這個，我該怎麼做才好呢？我可以當作是戀愛的練習——把他當男朋友嗎？」

她說著，然後把信遞出來——

我稍微想了一下後，決定好歹要確認一下信的內容。

到底是哪裡的白痴啊？居然只靠金女的外表就妄下判斷。這傢伙可是危險人物喔？

金女也是一樣。明明就警告我說不准去碰其他女人一根寒毛的——

「……？」

當我「啪」一聲打開信紙後——

『騙你的啦，哥哥。吃醋了嗎？』

居然看到紙上寫著這段工整的文字——

於是我抬起頭準備一拳敲下去，可是金女卻為了防止我這麼做而抱了上來。

「金女……妳不要做這種莫名其妙的惡作劇行不行！」

「嘻嘻！這是為了要確認哥哥的愛才這麼做的。看到哥哥為了我露出不開心的表情，我好高興喔。哥哥也開始愛我了，不，已經在愛我了呢。」

金女露出滿心愉悅——微微僵直的眼神——

抬起頭陶醉地看著我。

「才、才不是勒。只是因為如果有男的想要接近妳這種人的話，那傢伙會很危險──」

「嘻嘻！哥哥你放心，沒必要吃醋的。就算如果我真的被人追，我也不會跟對方說話的。因為我很討厭男孩子呀。哥哥也是，聽說被人稱做是『討厭女人』的樣子呢。」

金女不知道為什麼，對於我討厭女人的事情感到莫名開心──

「──我們還真像呢。」

然後用撒嬌般的聲音這麼說道。

「……似乎是這樣沒錯啦。」

畢竟這傢伙昨天在公車上，也是一直躲著男孩子，表現出一副很討厭的樣子啊。

當我認同她說的這一點後──

「畢竟我們是兄妹呢。」

金女就露出幸福滿點、陶醉不已的笑容──

「啊啊，怎麼辦？我開心得無法自拔了。喜歡喜歡鈕被打開了。這樣我會回不去教室的呀。」

「什麼叫『喜歡喜歡鈕』啦……少囉嗦了，妳給我回去。雖然我是不知道妳到底潛入了哪個班級啦。」

「哥哥、哥哥──答應我一個請求，抱抱。」

「抱抱？」

「就是緊緊抱我的意思。」

「為什麼啦！」

「因為我喜歡。所以說，拜託，緊緊抱我。緊～緊抱住我。那樣我就乖乖回去。」

金女一邊用臉頰磨蹭著我的胸口，一邊陶醉在熱情之中說著。

而她繞在我背後的手臂……超乎那纖細外觀的印象，緊緊抓著我。

這樣下去的話，連我都回不去了。

就抱她一下吧。如果這樣做就可以讓她回去的話。

「……」

我為了保險起見，確認了一下置物櫃房中沒有其他人，房門也確實上了鎖之後——

——抱。

用一種安撫小孩子的心情，抱住了金女。

「啊……啊……哥哥……哥、哥……」

被我抱在手臂中的金女，用喘不過氣般的甜美聲音呢喃之後，滴答。

流出一滴水珠，滴到腳邊。

居、居然喜極而泣了。

該怎麼說……真的是個情緒不安定的孩子啊。

雖然有可能實際上，這個年紀的女孩子都是這個樣子的也不一定啦。

「喂、喂……妳沒事吧？」

我對著金女問道。於是金女抬起她微微張著嘴巴、顯得有些呆滯的表情。

「才、才不會沒事呢。我不行了啦，壓抑、不下去。我、我忍耐不住了！」

從她充滿淚水的眼眸中，我可以看得出來一種無法抑制的慾望在翻騰。

明明有著像洋娃娃一樣端正的容貌、在學校同學面前扮演得一副文靜又有禮貌的樣子……

可是現在卻散發出一種像發情期的野獸般的氣氛。從剛才金女自己說過的話來判斷，似乎是因為在學校跟我在一起的關係——讓她有一種悖德的感覺而興奮起來了吧？

「哥哥，我、我今天、不會再要求、更多的事情了。所以——」

彷彿要被一波波快感淹沒的金女如此說著……

而且還「呼、呼、呼」地流露出斷斷續續的喘息，帶有牛奶糖般的甜蜜香氣。

「拜託、拜託、親我——只要親我就好了——」

喂、喂……！

妳是在央求我做什麼事情啊！

這就叫「得寸進尺」吧？

稍微讓步一點，就「這也給我、那也給我」地不斷提出要求的那一型。真是個難纏的傢伙。

「少鬼扯了，在妳心中，我們不是兄妹嗎！」

「就是因為那樣呀。所以說，才有**實現**的可能性……拜託，哥哥，親我……」

金女已經腦袋混亂到再也說不出話來了。

然後，微微張開她的嘴巴，像是睡著般……閉上了眼睛。

這動作的意義……就算是我也好歹能理解了。

金女在等待我。等我、對她──做出……那個、行為。

（……嗚……）

金女的手臂依然緊緊地抱著我的身體。

這樣下去的話，我也沒辦法回去。這狀況會持續下去。

要奮力擺脫嗎？不，應該辦不到吧？對方的戰鬥力可是凌駕於亞莉亞她們之上，而我則只是處於正常模式下。是什麼事情都辦不到的、普通的我。

而且從剛才開始──金女對著我做出了一連串讓人幾乎看不下去的追求方式，如果我現在拒絕她的話，她應該會感到非常可恥吧？

要是她因為這樣而暴動起來的話……我可是絕對沒辦法對付的啊。

（到、到底要怎麼做才好啊……！）

再說——金女要求我做的事情，都是我最忌諱的那一類。

可是，要說到我為什麼討厭這些行為……那是因為我想避免進入爆發模式的關係。

（……血流……）

剛才我在抱住她之前就已經先確認過了，而現在我再度對我的體內進行確認。

果然——就算陷入現在這種狀況，我的身體依然沒有感到興奮，依然非常平穩。

雖然我不清楚原因，不過，我對金女似乎很難進入爆發模式……

不，搞不好是**沒辦法進入**也不一定。明明就是這麼可愛的女孩子。

事實上，之前在亞莉亞她們的病房中被金女親吻的時候，我也安然無事。

居然會有這樣的女孩子。不，居然會有可能存在。

這件事……為了我今後的人生，稍微確認一下應該不會有損失才對。

……不得已了。

人生之中，難免會遇上為了救急而不得不跨越的難關——大哥之前對我這麼說過。

於是我……壓低了聲量，在金女通紅的耳邊說道：

「金、金女，我做了之後，妳就要乖乖放手喔？」

說完後，金女就依然閉著眼睛，點了點頭。

「我……我絕對不會再做更多事情了喔？」

金女又點了點頭。

「還有，不要跟任何人說喔？」

點點點。

她點了三下頭。

於是我──抱著豁出去的心情──

「──嗯──」

遵照金女所要求的。

親下去了。

就在那一瞬間，金女她──大概是感到興奮吧？身體不斷地顫抖。

從她充滿彈力的嘴唇間，傳來一股熱氣進入我的口中。

（……）

但是，我則是……一如預期，就跟上一次一樣。

完全感受不到任何下流的感覺。

就好像在歐美電影中、外國人打招呼時的親吻一樣，只有一種跟親近的人接觸的感覺。

──**沒有進入爆發模式**。

當我為了這件事再次感到驚訝的時候──

「……嗯！……嗯……！」

從喉嚨深處發出模糊聲音的金女，把雙手繞到我的頭部後方了。

喂、喂！不要那麼用力壓我的頭啊，妳到底是想親幾秒啊！

早知道就事先說好流程了。

「——噗哇！太久了吧！」

感到呼吸困難的我，用力拉開金女的雙手往後退——

鬆開兩人的嘴巴，「呼、呼」地喘氣著。

在我的嘴巴裡……好甜，還留著牛奶糖的味道。一定是金女剛才有吃過了吧？

「……呼、呼……好棒、好棒喔……被喜歡的人親嘴、竟然、竟然是這麼……

啊……呼、呼嗚、呼……郝磅……磅……磅……」

依然緊緊抱住我的金女也露出痛苦、可是妖豔的喘氣聲——

「喂、喂，金女，妳連講話都不清楚了喔？快放開我啦。」

「呼、哈呼、說、說得也是呢，連、連心臟都快停止了——而且，我已經知道了。

我可以、我一定可以。這是很合理的，只要再一步、不、再兩步就……」

「妳在說什麼啦，喂，冷靜下來啊。」

我安撫了她的背部之後放開手，於是金女也好不容易把手放開我的身體後——

「謝……謝謝……哥哥，謝謝你……謝謝你主動抱我，還有親我……這樣、就真的……感覺我們真的就變成情侶了呢……」

她用輕飄飄的聲音說著莫名其妙的話。

而滴滴答答溢出來的淚水，也似乎因為太過感動而沒辦法停下來的樣子。

雖然有很多想對她吐槽的地方，不過她現在興奮得有點接近危險邊緣……

因此我暫時將想抗議的心情擺在一旁，覺得必須要先讓她平靜下來才行。

「……妳啊，明明就那麼強，卻是個愛哭鬼呢。為什麼要哭啦？」

「因、因為哥哥、接受我了、愛、愛我了呀。所以我、我現在、好幸福……好幸福……幸福、全身上下都充滿幸福呀……」

我再也看不下去，於是用手擦乾她的眼淚——

結果金女「啪！」地用她滾燙的手抓住了我的手。

「哥哥、我的、只屬於我的、哥哥……謝謝你、謝謝你愛我……從今以後，也要一直都只愛著我喔……」

一臉陶醉地說著這種話的金女……她的態度，該怎麼說……

就算是對戀愛很陌生的我也好歹能明白了。

這是認真的——是戀愛少女的舉動吧？

而且，剛才的那個親吻，已經讓金女心中完全成立了我跟她之間的情侶關係——

而現在面對自己交往的對象，甚至開始表現出一種嬌羞的樣子。

看來是因為對戀愛實現的喜悅，讓她高興得無法自拔的樣子。

哎呀，雖然那是金女自己擅自的擴大解釋啦……

……不過，該怎麼說？我有種不安的感覺。

對於今後的發展，明明就沒有在戰鬥，可是就是有一種不太妙的感覺呢。

而我越是在心中抱著不安，金女就越是不做出行動——

結果一直到放學後的現在，她的身影都沒再出現過了。

因為亞莉亞一行人正在住院中的關係，我今天總算度過了一天不聞槍聲響的平穩日子。

即便如此，根據武偵憲章第七條：凡事要做最壞的打算，樂觀去行動。

必須要時常考慮到事態往最壞方向行進的情況，然後不可以掉以輕心。

因此——還是去確認一下「預防措施」方面的狀況吧。

「風魔。喂、妳在哪？」

我小聲呼叫著那個「預防措施」的名字，並走進一座位於一般校區邊緣的公園中。

我昨天……命令了諜報科的學妹——風魔陽菜去監視那個宣稱要轉入武偵高中的金女的行動。

而當時明明約好要在這邊聽取她的報告的……

可是環顧公園四周，卻找不到風魔的身影。
季節已經入秋，太陽下山的時間也提早了，周圍幾乎是一片昏暗。
能夠聽到的……就只有「唧——唧——」的蟲鳴聲。
（難道說，是因為監視行動曝光……被金女做了什麼事嗎？）
變得疑神疑鬼的我拿起電話撥打——
（……？）
好像有聽到**鈴聲**呢，從那個被建造得像和風庭園的竹林中。
是演歌啊。這是……坂本冬美演唱的「夜櫻阿七」。以前跟風魔為了潛入搜查的實習而到卡拉ＯＫ去的時候，她曾經一臉得意地高唱過這首歌。因為實在唱得很棒，所以我到現在都還記得。
當我循著歌聲「沙、沙」地走進竹林後——
「——師父。」
在竹林中，我腳邊的竹筍說話了。用風魔的聲音。
風魔，妳……什麼時候投胎變成竹筍啦？
還是說，這是靠玉藻的那招「虛物變化」變成竹筍的？妳什麼時候學會的啊？
「……妳在搞啥啊？」

「這是土遁術是也。因為師父交代要嚴密注意，不要露出馬腳。」

看來真相比想像中來得簡單得多，她只是挖了個洞躲到地底罷了。

那根竹筍似乎是為了呼吸用的呼吸管。

（要躲起來也應該有其他更好的方法吧……）

風魔聽說是著名忍者的後裔，所以讓她進行諜報活動的話多少派得上用場……

可是誠如眼前所見，因為是個在各方面很遺憾的傢伙，所以在等級上也被評定為是B級武偵。

雖然只有這種學弟妹可以差遣的我也很糟啦，不過風魔對我的事情莫名地非常尊敬，因此只要跟她說「這是一種修行」，她就會乖乖聽我的話做事，算是一個優點。

也因為這樣的關係，我為了代替報酬而姑且把她收為我的戰妹了。

現在就先不管「跟竹筍說話的高中男學生」是多麼奇妙的構圖，

「——然後呢？事情辦得怎樣？她入侵了嗎？」

我對著腳邊的竹筍問道。

「是的。誠如師父所言，妹君今早轉入了學校。因為年齡只有十四歲的關係，是以實習生的身分編入了一年C班。值得慶幸的是，這正巧與在下是同一班。在下竊聽了齋藤老師與沖田老師在走廊上的對話，似乎是美國武偵廳傳來了一件留學委託。」

美國……武偵廳……？

這麼說來，金女跟GⅢ的護具上好像有刻著United States的縮寫——US的樣子，而且金女在說到面罩的價格時也是用美元在說的。

——美國啊。

總覺得事情變得不單純了呢。

「她上課時的樣子怎麼樣？」

「風貌凜然，頭腦靈活且身體健康，宛如一名模範生。聽說十二歲就已經從麻省理工學院的衛星通訊課程中畢業了。」

「當真？」

「似乎當真是也。」

不只是戰鬥力……連頭腦都那麼好啊？

明明從她在家裡的舉動中完全看不出來的說。

「其他呢？同學對她的評價，或是有沒有受到欺負、被討厭之類的？」

「同學間的評價良好是也。妹君彬彬有禮，且是個懂得為人著想的好女孩，因此非常受人愛戴是也。」

受、受人愛戴……？

金女這傢伙。

在公共場合真的有夠會裝乖的。

「然而，會與她親密交談的只有女孩子而已，貌似對於男孩子都保持著某種距離的樣子。」

「喔喔……我想也是。然後呢？她跟女孩子之間都在說些什麼？」

「妹君不斷對兄長——也就是師父讚譽有加。因為說話極有技巧的關係，師父在一年C班女孩子間的評價也扶搖直上是也。」

對、對我讚譽有加……真的拜託，饒了我吧。

「例如上個月的意見調查中，有五成的女孩子都知道師父『陰沉男』的綽號。大家原本對師父是感到如此噁心避諱的——」

喂，風魔，妳到底是不是真的對我抱有敬意啊？

不要擅自做那種雞婆的意見調查行不行？

「——然而現在C班的女孩子當中，對師父抱有興趣的人數遽增，甚至就連在下都被問到『陽菜是不是跟遠山學長有在交往？』這種難以回答的問題。請問師父是怎麼想的？」

「我的事情不重要啦。」

「請問師父是怎麼想的？」

「我不是說了嗎？我的評價什麼的，不重要啦。不過，針對金女的話——」

伴隨著「唧——唧——」的蟲鳴聲，我小聲嘆了一口氣。

「暫時……是沒有問題的吧？難以捉摸啊。」

既然金女表現出那種態度的話……看來，應該是不會加害其他學生了吧？

這樣一來，暫時可以放心了。

搞不好，金女的本性實際上真的是個乖孩子也不一定，而不是在裝乖什麼的。

「另外，妹君也提到關於自己所要遵守的規矩，即是『禁止對他人進行粗暴行為』以及『對於比自己還要強的對象，絕對不會違逆。因為太不合理了』是也。」

這是跟我之間的約定——還有金女原本就自己說出口的事情。是我已經知道的情報。

「……好，我了解了。調查就到這邊吧，真是辛苦妳了。」

「能為師父效勞，在下感到無比光榮。」

「…………師父。」

聽竹筍說完後，我轉身準備離去——

結果被竹筍叫住了。

「幹麼？」

「那個……深感慚愧。其實，這個土遁術有著一項缺點……」

「缺點？」

「一個人沒辦法爬出來是也。」

「……搞屁啊……」

這個修行不足的傢伙。

對她徹底感到無奈的我，原本是真的有稍微想說就這樣丟下她回去的。可是因為察覺到我意圖的她對我哀求說：「這樣下去會變成即身佛（註6）是也，請幫在下一把吧。」的關係，所以我只好心不甘情不願地回到陽菜筍（風魔**陽菜**的竹**筍**）面前了。

然後，因為我搞不清楚哪邊是前哪邊是後，於是就隨便一把抓住竹筍……

「把這個拔出來就行了吧？」

「正是。如此以來，在下就能夠把手伸出去了。」

「那我就拔囉？」

「感激不盡。」

我跟她對話完後，用力一拔。

可是，這實在……埋得有夠牢固的啊。簡直就跟真的竹筍一樣。

搞啥啊？為什麼我非得要在這種季節挖竹筍不可啦？而且還是空著手的情況下。

拔……拔……拔……！就在我嘗試用力拔了幾下後……

——啵！

終於把竹筍拔出來了。下面露出全身掛在手把上的風魔——包在一塊塑膠布裡。

註6　「即身佛」類似佛家所謂「全身舍利」的意思。有說法稱這也算木乃伊的一種。

構造也太簡單了吧！

喀沙喀沙。

背對著我的風魔，像是蝴蝶羽化般從塑膠布中爬出來。

同時彷彿要一口氣鑽出洞穴般快速跳出來，結果——碰！

「嗚、嗚喔！」

我被風魔的背部一撞，往長滿竹子的方向倒退了幾步。

然後，全身用力壓在竹子上，就像是把竹子當成彈弓一樣——

接著被反彈到了風魔的方向。

「閃、閃開啊！」

彷彿要掉進風魔剛才躲藏的洞穴、或者說甚至加重了力道往前彈跳的我——

「——！」

「？」

唰！

從風魔背後一推，往前一個踉蹌倒了下去。

「……！」

「……！」

而那個結果，最後完成的姿勢是——

風魔用四肢趴在地上，而我則是全身趴在她的上面了。

應該是因為強襲科時代養成的習慣，我一時之間為了支撐風魔的身體……於是我的雙手就抱住了風魔穿著水手服的身體。

總、總覺得，這樣看起來好像是我把風魔撲倒的樣子啊……！

而且我們兩個人的底下，還很周到地鋪了剛才風魔拿來包住身體用的塑膠布呢。

「——你、你你你你！你這是在做什麼呀，師父！」

四肢撐地的風魔驚訝到連她的馬尾都直直豎立起來了。

她轉過頭來，看到我的臉就位在她脖子的正後方——

結果「鏘——」地維持著這個姿勢，全身僵住了。

（不……不會吧……！）

不妙……！

就算是突發狀況，可是這場意外就算被告發成是性騷擾也無從辯駁啊。

風魔是根據武偵高中的徒友制度而成為我的戰妹——也就是類似於弟子的學生。

如果戰兄妹或戰姊弟之間發生性騷擾事件的話，罪刑會比一般狀況還要加重處分。因為這可以看作是利用身為長官的立場對下屬強行虐待的卑劣行為。

聽說實行處罰的教務科針對這類行為的體罰——嚴厲到甚至會讓人覺得武偵高中特產「體罰滿漢全席」只不過是點心罷了。

武偵高中的鬼教官全員出動、內容甚至會叫人不敢相信日本是個法治國家。持續三天三夜，施行會讓人每三十秒就大叫一次「殺了我吧！」的暴行，最後難逃廢人化的結果。

雖然不知是幸還是不幸，我並沒有進入爆發模式——但是暴露在廢人化的危機之下，我還是用匹敵爆發模式般的速度思考著。

我到底該怎麼度過這場危機啊……！

「師、師父……嗚……？」

嗚。

不妙。

風魔她——露出有點害羞的聲音了。

「請問這、這、這是什麼意思……？如、如果在與男性締結連理之前，就做出那種事情的話……在、在下、會被父親大人與母親大人怒罵的呀！」

這、這段發言，已經很明顯是抱著針對性事上的懷疑了啊……！

我的腦袋啊……！

（……快點、想想辦法！）

默不吭聲只會讓情況惡化。

什麼話都行，總之快說說話吧！

「——這、這是——這是、**修行啊！**」

苦無對策下，我只好把臨時想到的話直接叫出口了。

「修、修行……？怎麼如此突然……！」

「武、武偵就是要隨時能夠對應突如其來的狀況啊！」

逼不得已了……

既然都已經說出口，就只好將錯就錯啦。

雖然在某種意義上，已經釀成大錯了。

「這、這、這是何種修行呀！在、在下沒聽過這種招式！」

「不、這是、這是為了要維持這種姿勢的修行啊。」

「這、這種姿勢？但、但是，這簡直就像是——那、那個、男女之間——」

「不要囉七八嗦了！這樣至少、也可以鍛鍊肌肉啊。快做些伏地挺身之類的。」

「居居居居居然還要上下運動嗎！」

「不要慌！上下運動有什麼不好！我是說、這是那個、這可以讓妳那種動不動就驚慌失措的缺點也一併克服、是一舉兩得的修行啊。」

「在下的……缺點……！」

「妳從以前開始，跟我進行徒手格鬥訓練的時候就常常會失去集中力。要是在實戰的時候也失去集中力的話，可是會吃敗仗的啊。所以從今以後不管被我做了什麼事，

都不要失去平常心！」

「在、在下明白了。」

什麼？這樣就明白了？

我明明是苦無對策之下胡謅一堆理由的……風魔居然就這樣接受了。

真、真是太好了，幸好我的戰妹是個白痴啊。

「確、確實——比起對戰訓練，像這樣被師父抱著會更容易讓精神上動搖。真不愧是師父。」

「佩、佩服我吧？」

「那……那麼，在、在下要動了。師父，請手下留情。」

風魔害羞得低著頭……然後照我所說地開始進行這古怪的伏地挺身了。隨著她的動作，我的身體也跟著上下起伏著。

然而，大概是把我像大龜揹小龜一樣揹在背上實在是太辛苦了，

「……嗯！喝！呼！嗯！……」

風魔的喘息聲顯得有些急促，看起來很辛苦。

不過，真不愧是忍者的後裔，維持揹著我的狀況下，她依然堅強忍耐著呢。

嗚嗚……夜晚的公園中，而且還是在草叢深處，一對男女緊密貼著身體，不斷上下運動……不管是誰看到了，都絕對會誤解的。原來剛才風魔會對上下運動感到害

怕，是因為這個原因啊？

還是稍微改變一下姿勢吧。

我這樣想著，於是將我的雙手移到風魔的腰部，將自己的上半身撐起來。

而風魔察覺到我改變了身體位置，

「……這、這個、真、真的是修行嗎？師父？」

於是對於兩個人的新姿勢，感到不知所措而發出了聲音。感覺她打從心底感到害羞呢。

我想也是。畢竟一個女孩子四肢趴在地上，然後被一個跪在地上的男人抓著自己的腰，從背後俯視。就算換作我是那個女孩子我也會感到害怕。

但是，我可是賭上了廢人化的危機。

再怎麼勉強都一定要度過這座通往生存的獨木橋啊！

「——是真的！」

「在、在下明白了。」

這傢伙又明白了。在某種意義上，幸虧她的戰兄是我呢。

我有看過風魔把她平常拿來遮住嘴部的領巾拿下來的樣子，一看就知道未來會是個標緻的美人。

如果她跟到的是個抱有惡意的戰兄，搞不好會遇上很悲慘的事情也不一定。畢竟要是被迫做出奇怪的事情，她只要被說是「修行」的話——應該就會言聽計從、任憑擺布了吧？

不，現在就是類似於那樣的狀況啊。只不過我是沒有惡意的。

（看來我必須要看好她，未來不要被詐騙集團給騙了……）

我胡思亂想著這些事情……在「修行」結束前，一下又是看著風魔流滿汗水的脖子、一下又是把垂到她臉旁的馬尾（據她說是武士頭）抓回她的背上、最後因為覺得膩了，就開始眺望起空中的明月。

就這樣，過了五分鐘之後——「很好！這樣一來妳的集中力跟肌耐力都提升了。修行就到這邊，妳可以回去了。」我很不負責任地這麼說道，並目送風魔離開。她離去前還說了一句「誠心感謝師父的修行」這種讓人感到罪惡感的話……

（總、總算是熬過去了……）

就在我感到鬆了一口氣時。

……沙沙！喀嚓喀嚓……啪唧！……

「……？」

遠方的竹林中傳來了聲音。

難道說，被看到了……？可是，從這邊看過去，那邊昏暗得讓人看不太清楚。換句話說，那邊應該也看不清楚這裡吧？難道是有其他情侶嗎？

我為了保險起見而解除手槍的安全裝置——躡手躡腳地走向聲音傳來的地方一看……

……沒有人。

「……？」

可是，怪怪的。

這一帶的竹子，有好幾根都被破壞得亂七八糟。

而且……上面還有被啃咬或是空手折斷的痕跡。連血跡都有呢。

咬痕是人類、而且是比較嬌小的人所留下的，看起來應該是個女的……但是那個人到底是在做什麼啊？難道是在吃竹子嗎？又不是貓熊。

……唧——、唧——……

現在除了蟲叫聲之外，已經什麼都聽不到了。

4彈　悖德的三岔路

隔天的放學後——

因為金女吵著要一起去看電影，還一直拉著我，莫名其妙表現出一副焦急的態度，所以我只好不得已地跟著她來到了台場。

到達台場後，當我要去Mediage戲院準備買動作片的電影票時……金女那傢伙居然就給我拿出了兩張已經買好的愛情片電影票。

因為要丟掉也很可惜，害我最後只好跟妹妹（自稱）並肩坐在昏暗的電影院中……看著我壓根就一點都不想看的甜蜜蜜愛情電影。

而且，金女每當看到男女要黏在一起的橋段時，就會想要握住我的手。

就算我再怎麼努力把她的手揮開，她還是一直要握過來。最後我只能持續忍受著「牽手看電影」這種拷問時間了。

金女那傢伙，老是要用手指不斷摸我的手背。到底是在幹什麼啊？

等到電影結束後——

「真有趣呢——！」

「……哎呀，劇情是寫得滿不錯的啦。」

我們來到電影院旁的麥當勞，喝杯咖啡稍事休息。

我一直在擔心金女會不會跟之前在置物櫃房間時一樣打開那個啥米碗糕鈕，然後進入那個近乎發情的模式……不過看來今天是沒有問題的。

「尤其是黃昏天空的那一幕，不知道那到底是怎麼拍的？」

「看起來不是用繩索，應該是利用低空飛行空中拍攝的吧？雖然那些鳥是電腦特效啦。」

「咦！看起來不像呀。」

「利用逆光的影子掩飾過去的啦。不過那一幕確實很不錯，是利用插入一段跟故事沒有關係的場景影像，讓觀眾切換心情的一種手法啊。」

「喔……確實，我看到那一幕，心情就放鬆下來了呢。自然風景的畫面真是不錯。」

跟似乎很喜歡看電影的金女交談之中……

我發現她跟我在感性上有很相似的地方。

於是我嘗試著將話題帶到動作片上，結果金女也依然興高采烈地繼續跟我討論。

就連她曾經看過很緊張的電影或是很好笑的電影，都跟我相同得讓人感到驚訝。

……說實話，這種「興趣上的話題」跟我很合的女孩子，我還是有生以來第一次遇到。

畢竟亞莉亞喜歡的是小孩子看的動物電影、白雪喜歡老頭子看的那種古老艱澀的洋片、而理子喜歡那種看起來就像是完全靠感性在拍攝的時髦電影，巴斯克維爾的女孩子，每個人的電影興趣都很偏激啊。蕾姬甚至說是根本沒看過電影。

……話說回來……

剛才在電影院中牽手的時候我發現到，金女開心得不斷揮舞的手指上——貼著跟她的膚色一樣的薄型ＯＫ繃呢，而且還貼了好幾個地方。

當我詢問她這件事後，

「啊、這是……因為昨天在做禮物想送給哥哥，可是力道稍微用過頭，結果被針刺傷的。」

「禮物？」

「就是這個，給你！」

說著，金女就……從武偵高中指定的防彈書包中，拿出一個上面寫了一堆大紅色「ＬＯＶＥ」的紙袋。

原本以為那想當然耳應該是印刷的，結果那些ＬＯＶＥ全都是手寫的。

光是紙袋的階段就已經如此可怕的東西，金女把它用雙手遞到我面前，露出「快打開快打開」的表情……

於是我不得已地撕開了封住袋口的心形貼紙（這個貼紙似乎也是手工的），「喀沙喀沙」地拿出了裝在裡面的東西……

「……」

是手工製的……

布偶、勒……

…………「我」…………的。

雖然有經過創意造型，不過這個、確實是**遠山金次**的布偶呢。

畢竟在左胸口的地方掛了一個迷你名牌，寫著「哥哥」。

「因為我是第一次做布偶，所以費了一番功夫呢。」

雖然金女俏皮地吐舌頭笑了……可、可是這個……到處都沾著血啊。

而且還有被用力擦拭過的痕跡，這不就看起來像是恐怖電影裡會用到的小道具了嗎！

再說，雖然她說是被針刺傷的——可是這個出血量，怎麼看都像是用「原本就已經受傷的手」做出來的樣子……

「……？」

我戰戰兢兢地從袋子中把「金次布偶」的全身拉出來後……還有一個……

金次布偶的右手上，接著一個「金女布偶」呢。

兩個布偶的手被大紅色的線一層又一層地緊密縫在一起。

就像是「不管是誰用任何方法想要拉開兩個人，都絕對永遠不會分開」的感覺。

「哥哥，開心嗎？」

怎麼可能開心啊！收到這種沾滿血跡的布偶！這是在找碴嗎！

連續三句話差點脫口而出……

可是金女卻露出「誇獎我誇獎我」的眼神，笑咪咪地看著我。

這氣氛感覺上如果我拒絕的話，她搞不好就會自殺啊。畢竟這傢伙似乎莫名其妙地對我抱著異常的好感。

但是如果我刻意誇張地表現出開心的樣子，搞不好她下次就會做出等身大的布偶也不一定，而且還是附加金女布偶的。

因此，我露出很微妙的表情，

「是、是啊，嗯……」

如此回答之後，用顫抖的雙手將這兩個布偶裝回心形花紋的紙袋中。

「呃——這是為了什麼的禮物啊？」

「紀念我跟哥哥成為情侶呀。」

「……啥？」

「哥哥抱我了、親我了，私下會讓我進到家裡、公開會在學校跟我說話，這就表示於公於私都對我表現出了愛意。而且還跟我做下約定，對除了我以外的女人不會碰一根寒毛——而且也絕對不會愛上除了我以外的女人。」

「……」

總覺得，約定的內容好像比起之前說過的又變多了……

「——哥哥，**我有乖乖遵守約定喔**？」

就在我煩惱著應該把布偶丟到什麼地方去的時候，金女露出一臉刻意的笑容，突然對我提起這件事情。

「……嗯……？」

「我有乖乖遵守約定，沒有對人做出粗暴的行為喔？所以哥哥應該也沒有去碰其他女人，或是抱其他女人吧？」

被她用爽朗的笑容如此一問——昨天跟風魔之間的那場意外閃過我的腦海——不過畢竟那件事發生在這傢伙沒看到的地方，我也沒這義務要一一向她報告吧？而且那再怎麼說都只是一場意外罷了。

「是啊。」

聽到我這麼回答後——

「喔？」

金女繼續露出那張從剛才開始就動也不動、宛如凍結起來的笑臉面對著我。

「我呀，會跟**同班的女孩子**好好相處，不會隨便殺掉的。哥哥放心。」

「那不是廢話嗎？」

幹麼要再度強調啦？

「哥哥——之前那件事呀，我很開心喔。」

「什麼事啦？」

「就是在公車上保護我的那件事。」

……？

喔喔，是指從武偵醫院回來的時候……在公車上大家成群擠過來，所以我幫忙擋住的那件事啊。真虧她還記得那種小事。

而且居然還把它稱做是什麼「保護」的，太誇張了。

「所以說，我也會保護哥哥的，從壞女人的手中。如果有哪個壞女人想要把哥哥叫到奇怪的地方做奇怪的事情，要跟我商量喔？不用一個人獨自煩惱沒有關係的。」

說實話，我現在最希望的，就是有人來保護我逃離妳啊……

「我今天——是想要確認一件事情。」

「什麼啦？」

「確認哥哥是不是愛著我。不過今天哥哥願意跟我約會，讓我終於明白了：我是被哥哥愛著的。在看電影的時候也是，哥哥接受了我——就像那對布偶一樣，讓我牽著哥哥的手。我真的好開心，忍不住想說如果時間永遠持續下去有多好。我現在也是這樣想。」

「……永、永遠……」

「我會一直愛著哥哥，哥哥也只會愛我一個人。我們彼此相愛，直到永遠——」

金女露出看似沒有對上焦點的眼神，凝視著裝布偶的紙袋說著——

然後露出淺淺的微笑，不斷撫摸著自己受傷的手。

過了幾天——黃昏時接到華生打來的電話，說是亞莉亞她們退院了。

她們本來就看起來一副活跳跳的樣子，我看她們之所以會賴在醫院不走，是為了那個「強化合宿」什麼的吧？

雖然華生似乎已經幫我向她們說明過，我是因為師團的戰略上因素而收容了金女……

但是金女之前在那些人面前做過會讓人誤會我們關係的舉動。

（要是維持這樣的狀態下，到明天的一般科目上課時跟亞莉亞她們碰面的話……）

一定超危險的吧？不管怎麼想。

尤其是亞莉亞，搞不好會用開槍代替打招呼也不一定。

因此，必須要先去討好那位主人大人的心情才行。

於是身為奴隸的我打了一通電話給主人，結果獲得了「我也有話要說，所以過來吧」的命令。

然後，詢問了她現在的所在位置後……

「我在SSR的屋頂上。」

她這麼回答我。

（超能力搜查研究科？）

啊啊……又有一種不好的預感了。我快要胃潰瘍啦。

我來到實在很不想來的SSR大樓，走上莫名其妙用圖騰柱做成扶手柱子的樓梯，打開莫名其妙畫著魔法陣的門板，走到屋頂上……

看到在夕陽餘暉下，露出一臉複雜的表情閉著眼睛、並盤腿坐著的亞莉亞——以及站在她旁邊的SSR三年級生．時任茱莉亞學姊的身影。

周圍的護欄上還停了幾隻海鷗。

「……」

比擁有四分之一外國血統的亞莉亞還要像外國人的混血兒．時任學姊——正張開她白皙的右手五指，放在亞莉亞的頭上。

學姊似乎察覺到我的身影，於是將她那雙可以清楚看到瞳孔的淡藍色眼睛看向這邊。

「啊、那個——……我是二年級的遠山，跟那邊的神崎亞莉亞是同班……」

「請安靜。」

時任學姊冷漠地如此回應。她是SSR的首席候補——明年已經確定會以推薦入學的身分到莫斯科大學就讀那個據說從舊蘇聯時代就存在的超心理學系。

她給人的印象非常聰明伶俐，一般學科的成績也非常優秀……

可是因為某種原因的關係，一直以來都被大家疏遠著。

「啊！金次。」

亞莉亞似乎現在才發現我的存在，坐著張開了眼睛。

我說妳啊……不要穿著女生制服盤腿行不行？

還好短裙下的風光因為影子而看不清楚，要不是逆光的話早就出局啦。

「注意，集中精神。」

被學姊用以女性來說很低沉的聲音如此命令，於是亞莉亞又再度閉上眼睛，露出像是在默念什麼似的表情。

……真是稀奇，那個亞莉亞居然會吭也不吭聲地乖乖聽話啊？

我默默站在一旁過了一段時間……

唧——

大概是飛在遙遠上空的噴射機所發出的聲音吧……我感覺好像微微聽到了什麼刺

耳的聲音。

「……神崎，原本就不太好的狀況又變得更不好了。腦額葉正中部甚至發出了近似Fmθ波的腦波……就算因為喜歡的男孩子來到眼前，也不可以亂了心思呀。」

「什、什麼？」

抬頭看向學姊、張大嘴巴露出犬齒的亞莉亞——

滿臉通紅到甚至在夕陽下都可以看得一清二楚了，就在短短眨眼的瞬間。

接著看向我、然後看向學姊、再度看向我，嘴巴還歪曲成像是阿米巴蟲一樣的形狀。那是亞莉亞驚訝到說不出話的時候會露出的表情呢。

「——妳的夢想是讓那個人抱妳呀？」

聽到學姊如此一說——

咻碰！亞莉亞的臉紅程度又提升了一個層次。

她的那個臉紅癖簡直就跟希爾達的三段變身（？）一樣呢。

（被我……抱？）

那是什麼鬼？

明明就有被我用公主抱抱過了啊，雖然是爆發模式下的我啦。

還有對打練習的時候，我也常常會抱住亞莉亞想要嘗試投擲技過啊。雖然每次都是被她又是使出反投擲技、又是狠咬、又是刺眼睛的，從來沒有成功過。

「～～～～～！」

亞莉亞「砰、砰、砰」地維持著盤腿的姿勢彈跳著，想要表達出抗議的意思（但是，似乎依然發不出聲音來的樣子）。而時任學姊則是……

「明明外表就像小孩子一樣，腦袋想的事情……還真是早熟呢，連我看著都感到害臊起來了。那種想法，還是等到妳變得更成熟之後再去想吧。憑妳那樣嬌小的身材，如果去做那種事情的話，妳會壞掉喔？」

對著亞莉亞露出無奈的嘆息。

「等、不、欸！我是！怎麼會！不對！錯了！錯了！大錯特錯！那完全就錯了！那是那是錯的！」

好不容易發出聲音的亞莉亞，碰磅！

往身後一倒，用力揮動雙手雙腳，進入任性小鬼模式對學姊大肆否定起來。

這就是……時任學姊之所以會被其他人疏遠的理由。

時任學姊從小就是個超能力少女，甚至在故鄉俄羅斯還因此上過電視。她擅長一種被稱為「腦波計」的超能力——可以藉由接觸而讀取別人的腦波，甚至從中**讀取出對方所思考的東西**。

而如果讀出來的內容對本人有可能造成傷害（甚至就算只是受一點傷），她就會對本人提出警告。這似乎對學姊而言是一種自我規矩。

但是，就像現在的亞莉亞一樣——

被時任學姊讀出想法的人，聽說常常會生氣大罵「我才沒有在想那樣的事情！」的樣子。

因此，她成了一個被世人討厭的對象，是個除了SSR之外沒有容身之地而孤獨的學姊。

「——今天就到此為止吧，神崎。妳自從遠山來了之後——雜念就變得非常嚴重，連我都看不下去了。雖然以σ律動為指標看到了α腦波，可是沒辦法從μ曲線的最小值回來。也就是說，是處於『心不在焉』的狀態呀。」

「不、那個！那那！NO——！NO WAY！」

亞莉亞想要從任性小鬼姿勢站起身子，咚！

結果因為起身時的失誤，直接往後方跌了個倒頭栽。

她是在慌個什麼勁啊？居然還用那種匪夷所思的方式跌倒。

就連停在護欄上的海鷗看到亞莉亞那個樣子，都看起來像是傻眼了喔？

「聽好了，神崎。我剛剛也提過……妳說過想要達成的『心技』，並不是用力默念就可以做到的。必須要把對象物看作是自己身體的一部分，然後想像出彷彿在活動自己手腳般的印象才行。」

「身體的一部分……？那個、那如果那本來就已經是身體的一部分的話，又該怎麼辦呢？」

面對迅速撐起上半身詢問的亞莉亞，學姊說道⋯⋯

「那就應該更容易活動才對。二年級的星伽所使用的鬼道術中，也有應用這個技術來輔助身體動作的招式。」

「那、那麼、身體的一部分⋯⋯例如說，如果是頭髮的話呢？」

「頭髮？喔喔，如果是像妳那樣的髮型，我想想——就想像出另外又長出兩隻手臂，或是人類長出翅膀後的畫面吧。那個畫面越逼真越好，如果用傳統方法的話，就是看著天使畫像或是佛像來鍛鍊——」

「我、我明白了，那樣的話，我已經有非常逼真的畫面了。只要回想起理子或希爾達的事情就可以了。」

「？」

「啊、不、我自言自語。」

「⋯⋯另外，就是去吃自己想吃的東西。妳還只是個含苞待放的花蕾，並不知道是以什麼做為原動力讓花瓣綻放。不過，第一型或是混合種第四型超能力者的話——不管是刻意或無意下——只要使用了能力，就會從身體中消耗些什麼。然後，就會變得想要攝取那個消耗掉的東西。怎麼樣？現在有想吃什麼東西嗎？」

「嗯、嗯⋯⋯桃饅⋯⋯」

我說妳啊，那是妳不管什麼時候都會想吃的吧？

「桃饅……饅頭嗎？那麼神崎有可能就是糖分系的了。」

時任學姊說完後，轉身背對亞莉亞，朝向屋頂的門口——我所在的方向。

她那雙淡藍色眼睛中可以看到如黑點般的瞳孔，像水平雙槍一樣對準了我。

「你。閃到旁邊去，我不會覺得你失禮的。雖然我不會去看男性的心，也不想看到——但是如果因為不小心觸碰到，讓你以為我看到的話，我會很不愉快的。」

聽到時任學姊如此說道……於是我繞過她的身邊，走向亞莉亞。

姑且不論時任學姊的能力究竟精密到什麼程度……

不過我總覺得，她有點可憐呢。她那個樣子的話，就算日常生活中也應該會常常感到不便吧？

就這樣，在學姊離開屋頂後留下來的我——

「我我我我話說在先，剛剛學姊說的那些全是錯的喔？我我我我才沒有在想什麼下流的事情。打從出生以來，我從來都沒想過那種事情呀。是錯的、錯的。」

來到一直反覆叫著「錯的、錯的」然後站起身子的亞莉亞身邊。

我根本就不在乎亞莉亞在想什麼東西。

重點不在那邊——

「——喂，亞莉亞，妳剛剛那是在做什麼？」

「念力的練習呀，可是我完全沒辦法。」

……果然啊……！

她居然趁著我沒注意到的時候，對我內心感到最恐懼的東西出手了。

打擊、斬擊、射擊，商品種類已經夠豐富的這個攻擊百貨娘……要是連超能力都進貨的話，可是會變成攻擊樂天市場的。

而且之前我有列表統計過，這傢伙對我開槍的次數居然比對敵人開槍的次數還要多。要是讓她再學會更多多餘的招式，會攸關我的性命啊。

別去學那種東西啦。雖然我很清楚，就算我這樣說，亞莉亞也不會放棄——

「別去學那種東西啦。」

「就算你這樣說，我也不會放棄的。你應該很清楚吧？」

聽到這一如預測的回答，我不禁垂頭喪氣起來。

我能做的……大概就只剩下準備好自己的戒名了吧？遺照也順便拍一張好了。

「為什麼……要花力氣去學那種東西啦？」

「我才不想告訴金次。」

亞莉亞用力別開臉，於是我決定稍微單刀直入地問她。

「是為了對金女報仇嗎？」

「……海鷗？」（註7）

亞莉亞大概是誤會了什麼，而看向停在護欄上的海鷗。

「不是海鷗，是金女。就是GⅣ啦。」

聽到我這麼說明後，亞莉亞便尖起她原本就已經夠尖的眼角瞪向我，

「喔？還幫她取了個日本名字呀？還真是溫柔呢。看來你很中意那個可愛的國中生嘛，這個蘿莉控！」

踏！

她居然往我的鞋子上踩了一腳。

「痛、痛死了啦！我也沒辦法啊！因為那傢伙又自稱是我的妹妹，又轉到武偵來就讀。要是讓她稱自己是GⅣ的話——」

「——我這些話也跟華生說過了：那傢伙偷襲我們，害我們受傷了。是明確的敵人呀，敵・人！可是你們這些人居然……！」

亞莉亞釋放出充滿私怨的氣勢，用她紅紫色的眼睛看著我。

「聽我說啦，亞莉亞。金女她是GⅢ派來、類似使者的存在啊。她在攻擊完妳們之後——就解除了武裝，還幫忙把妳們送到醫院。他們現在還不屬於眷屬或師團，如果

註7　「金女（かなめ）」與「海鷗（かもめ）」在日文中僅差一個音。

要把他們拉攏到師團來——痛、痛啦！痛啊！住手！不要敲肚子！」

砰砰咚咚砰砰咚咚！

「吵死了吵死了吵死了！這個叛徒！」

亞莉亞瞄準我的肝臟、胃臟等等部位使出連環短直拳。

於是我抓住她的頭將她往後推，結果她緊接著用迷你小手揮出的上鉤拳，就從我的下巴前近身揮空了。只要這樣做，我就可以靠著手長的差距讓亞莉亞的拳頭無法攻擊到我。

被我用慣例的方式封印了拳頭的亞莉亞，像河豚一樣鼓起了腮幫子。

「哼！算了，反正你似乎非～常中意那個女孩子的樣子，而華生那群人又全都怕得要死——繼續跟你們辯論敵我的問題也終究只會是平行線而已，所以我不會再重複了。我們會靠我們的判斷來行動，不想理你們了。」

「這個講不聽的傢伙……」

「你才是好不好！」

我跟用娃娃音回嗆的亞莉亞大眼瞪小眼，持續了一段時間。

「話說……那孩子現在住在哪裡？」

「我房間。狀況發展下，最後變成由我負責監視了。」

「我～就～知～道～」

亞莉亞頂出下巴，發出不爽到極點的聲音。

「GⅣ——叫金女？金·女·妹·妹？只要那個好～可愛的妹妹還在那間房間，我就絕對不會到你房間去了！我才不想跟敵人共用一間房間呢！」

「為什麼要講話那麼帶刺啦？而且那本來就不是妳住的房間吧？我跟金女兩個人住在一起，我也感到很不安好不好？甚至有想過要請巴斯克維爾當中的誰來當我的護衛——」

就在我說到一半時，忽然看到一隻海鷗從護欄上「啪唰」一聲飛走了。

棲息在東京灣岸邊的海鷗因為體型較大的關係，拍打翅膀的聲音也很大聲。我跟亞莉亞都不禁轉頭看了過去。

那感覺很像是牠察覺到了什麼危機而趕緊逃離現場的樣子呢。

難道說……等一下天氣會突然轉變嗎？

「金次！」

亞莉亞用力扯了一下我的耳朵，讓我把頭轉回她的方向。

「你、你這個人、該不會對那孩子也、做、做出什麼奇怪的事情了吧！」

面紅耳赤的亞莉亞說著，並露出她尖銳的犬齒。

「啥、啥？」

「要是真的做了，可不是開開洞就了事的喔！小心我去委託英國空軍把整棟男生宿舍都炸掉！」

「那會引發日英戰爭的啦！聽我說，亞莉亞——」

「可可可是你們不是還親親親親嘴了嗎！這個大變態！那、那件事真的讓人感到退避三舍了呀！已經不是傻眼的程度而是甚至讓人感到尊敬了啦！這個花花公子！」

亞莉亞這次換成用腳使出下段、中段、上段的連續攻擊了。

痛！痛啦！

死亞莉亞，因為拳頭被封印了就換成踢擊技了啊。

「那件事我是被強迫的、是突然被親的啊！妳不是也親眼看到了嗎！而且——」

「就連那個理子都忍不住說了『居然連妹妹也吃，欽欽真的是個非人哉人類』呀！」

什麼叫「非人哉人類」啦？

理子語還真的是有夠叫人費解。

「說呀說呀你說呀！明明就、明明就親過我！連白雪、理子跟蕾姬也親過，真的是！這個親嘴魔人！那之後該不會又有跟妹妹親嘴了吧！」

碰！碰碰！亞莉亞用力踏著地板進行威嚇。於是我……

「呃、那個……」

真、真糟糕，那之後是真的還有跟她親過嘴啊。

可是，那是因為我被金女抱住身體束縛住了，所以才逼不得已做出來的行為——而且我也沒有感到什麼不純潔的感覺啊。

就跟歐美人為了表示親情而做的感覺是一樣的。至少對我來說。

雖然也說不上是完全無罪……可是也有辯解的餘地吧？

為了迴避亞莉亞的全身迴旋踢之刑以及那之後的開洞之刑，我還是跟她說清楚比較好。

「聽我說，有做是有做啦，可是那是那個、在英國長大的妳應該可以理解，就是——」

「你、你這個人……！拜託！才剛認識一個禮拜而已，你們是要親熱到什麼程度呀！」

「聽我說完啊！不要每次都那樣！」

「而、而且、還、還是跟、自己的、妹妹……！」

亞莉亞用力對我比出手指、看起來兩腳發軟。於是我大叫道——

「聽我說！金女她——那傢伙根本就不是我的妹妹！我也是被那個莫名其妙自稱是妹妹的傢伙糾纏著，感到很煩啊！」

就在這個時候……

——碰！

從設置在屋頂上的大型空調散熱器後方傳出一陣聲響──

──啪沙！啪沙啪沙啪沙──！

海鷗們這次全部一起振翅飛走了。

其中有幾隻像是慌了一樣快速飛過我們身邊──

「──咿呀！」

結果讓亞莉亞嚇得往我的方向跳過來。

被她從面前用力一抱，害我全身往後倒退、撞上屋頂護欄。

（……剛才那是什麼聲音……？）

我看向聲音發出來的方向──

可是那臺老舊的散熱器看不出有什麼奇怪的地方。就算觀察了一段時間，也沒再發生什麼異狀。

大概是散熱器內部發生故障而發出的聲音吧？

「喂、喂，亞莉亞，快放開我啦。」

前有亞莉亞，後有護欄。這樣根本就無法動彈了……

但是亞莉亞依然把頭埋在我的胸膛，不願放開。

這姿勢跟之前被金女抱住的時候很像，不過亞莉亞抱得比金女還要緊。

「不對……」

亞莉亞彷彿在自言自語般小聲說道：

「……應該是我不對。金次明明在我生日的時候送過我戒指，那麼清楚地——對我做出表示……可是我卻不知道該怎麼回應，是我不對。」

「亞莉亞……？」

因為她一直在自言自語，於是我試著低下頭窺視她的表情——

結果亞莉亞露出像是稍微轉變了心情般的表情，抬起頭來。

那表情——非常認真。

她壓抑住剛才為止的憤怒，用感到不安的眼神看向我。

「……那女孩子……真的不是你的妹妹？」

「為什麼……連妳都要懷疑那種事情啦？」

就在我感到不悅地如此說道後，亞莉亞她——

「金次，你記不記得……以前在地下倉庫跟貞德戰鬥時的事情？」

「……？」

「那時候——你跟我發誓過：『我這輩子都會相信亞莉亞』。」

「喔、喔喔……我記得啊。」

雖然那是爆發模式下的我說的，真是丟臉到讓人想死的一句話。

「等等，為什麼現在要提到那件事情啦？」

「因為我接下來要說的話，是一點根據都沒有的。只是我的直覺而已呀。」

「直覺……？」

「我覺得──那孩子跟金次之間……好像有某種強烈的**羈絆**存在。這感覺就跟以前從加奈身上感受到的一樣。雖然那麼漂亮的學姊是……那個、哥哥？的事情，我到現在還是感到半信半疑……可是，我在直覺上是接受那個說法的。而現在，有一種類似當時的直覺，在對我呢喃呀。說是GⅣ──也就是金女，**搞不好真的是你妹妹**──這樣。」

雖然我很想說「少胡扯了」然後一笑置之……

可是，我沒辦法。

縱使因為跟偵探科的教科書所描述的印象大相逕庭而讓人常常會忘記這件事──但是在我眼前的神崎・H・亞莉亞──是夏洛克・福爾摩斯的曾孫女。

在伊・U跟我對戰過的那個夏洛克……雖然名聞天下的都是關於他超乎常人的「推理」能力……可是實際上，他在做為推理契機的「直覺」能力上也是個卓越的人類。

然後，我從至今為止的經驗上也可以知道──

亞莉亞毫無疑問地有遺傳到那份「直覺」能力。

而那樣的亞莉亞現在對我說了。

金女搞不好真的是我的妹妹——這樣。

「可是，加奈……跟金女之間，讓我感受到與你的關係是不一樣的。我雖然沒辦法有條理地說明自己所感受到的事情……可是如果用圖像來形容的話，加奈跟金次之間的感覺像是一大一小的『相似形』。雖然形狀一樣，但是卻不是可以合在一起的東西。」

呃……我多少可以理解啦。

畢竟大哥就像是把我的所有能力都大幅提升之後的一個人。

「可是，金女——那女孩跟金次之間如果用圖像來形容的話，就像是兩個逗點形狀——要像太極圖一樣**組合在一起**，才會呈現出正確的形狀。我有這樣的預感。」

太極圖——兩塊不完整的形狀，經由組合之後才會變成一個圓形。

我跟金女之間，有著那樣的關聯性……她是想這樣說嗎？

確實不是一段有條理的解釋，不過亞莉亞所說的話……

縱使沒有任何根據——可是莫名地有一種說服力。

我因此而陷入了沉思，而亞莉亞則是用手抓住了我的胸襟。

「——你喜歡那個女孩子嗎？」

「別……別胡說八道，那怎麼可能啦。」

「那……」

「……？」

「那就……稍微再這樣……讓我抱一下……」

亞莉亞抱著我的身體，又再次低下頭，把額頭靠到我的胸膛上。

因為氣氛上感覺很難拒絕，所以我為了避開亞莉亞身上傳來的——又香又甜的梔子花香氣，而抬頭仰望天空。

黃昏的天空中，海鷗們乘著上升氣流而在天上盤旋。

「我也要……表現得稍微清楚一點才行呀。」

「……清楚？」

聽到亞莉亞再度小聲呢喃，於是我回問了她一句後——

「把、把、把頭低下來，低、低到我的頭可以碰到你的臉！」

她莫名其妙地用命令口吻如此說道。

「為什麼啦？我才不要勒，妳的頭……」

差點脫口說出「有一種香氣，搞不好會害我爆發」的我，趕緊又把頭抬得更高了。

「不、那個、不管是誰都不會想要把臉貼到別人的頭上吧？」

「……不要囉嗦！向下看！向下！」

她雖然講得一副像是在叫「向右——看！」的口氣，可是，事到如今我也要賭上我的尊嚴了。我偏偏就要往上看。

「……」

「……」

就這樣，兩個人沉默了一段時間——

「那……金、金次，」

亞莉亞忽然用有點顫抖的聲音如此說道，於是我只用眼睛往下一看……

竟看到亞莉亞真的全身都在發抖呢。

搞什麼鬼？因為她低著頭讓我看不太清楚，不過她好像又臉紅起來了。耳根啦、脖子啦、頭部後方的髮際之類的部分都變得紅通通的。

「那、那就、你、你的、你的——」

「……？」

「你的鞋帶鬆掉了喔？」

聽到亞莉亞這句有夠僵硬的臺詞，害我忍不住低頭往下一看——

這時，亞莉亞「唰！」地一聲，把緊閉雙眼的臉抬高——伸直背脊，雙腳一墊——

咚！

「……！」

「……！」

通紅的臉上、小巧的嘴唇——

壓到我的嘴巴上來了。

不知不覺間激烈興奮起來的亞莉亞，滾燙的體溫經由她的嘴脣傳到我身上……這是……

（親嘴……）

我被親嘴、了嗎？

我到事後才理解了這件事。

而當我理解的時候，亞莉亞已經飄動她的雙馬尾、轉身背對我——

用跑百米的速度衝向屋頂的門口了。

「亞莉亞！」

——這是想表達什麼啦！

我雖然踏出腳步準備追上去，可是亞莉亞卻用宛如子彈般的速度鑽過門口，踏踏踏踏踏踏——！

莫名其妙用手壓著自己的左胸，全力衝刺而消失在樓梯的另一端了。

她那種速度，我根本就追不上去。再說，我因為右膝在痛的關係而跑不快啊。

「……」

我用手壓住自己的嘴脣，確認自己的心跳。

亞莉亞剛才完全沒有睜開眼睛確認我的嘴巴位置，而對我做出用臉撞臉的笨拙親吻……超、超痛的啦，剛才還發出「咚！」一聲牙齒撞牙齒的聲音呢。

因為那陣疼痛讓我的感覺慢了幾拍，不過——

來了……來了——來了啊。

那股熟悉的血流。

——爆發模式——

果然，只要是亞莉亞就可以進入呢。而且還很輕易，又很強烈。

腦袋裡「劈劈啪啪」地像是形成了知性的結晶，整顆腦袋有種漸漸覺醒的感覺……可以明顯知道自己的五感開始變得敏銳了。

而且還有一種像是第六感的東西——在對我述說。

——不太對勁。

剛才，讓海鷗們紛紛逃離的那陣聲響……總覺得必須要去確認聲音的來源才行。

真的是單純的故障聲嗎？

我如此思考著，然後不知不覺地拔出了手槍……

一邊警戒著可能發生的突發狀況，一邊從屋頂上繞到空調散熱器的後方。

「……」

可是，現場別說是人影了，就連小貓一隻都看不到。

不過……我還是發現了一些異狀。

護欄上本來應該是工整排列的菱形鐵格，到處都變得不太規則。

大菱形、小菱形、三角形等等……

看起來就像是被某個人用空手揉捏了好幾次而歪曲變形的感覺。

這很明顯地是人為造成的痕跡，而當事人已經逃逸無蹤了。

像這種頑皮搗蛋的事情，我小時候也有做過——可是這數量實在不太尋常。

大約有五十處地方都被頑強地抓到扭曲變形了，這不是擁有正常神經的人會做到的數目。

「……？」

另外，我在爆發模式下的雙眼——

察覺到在現場、我的腳下、我的影子下，還有一種不太對勁的感覺。

於是我跪下單膝，用手指觸摸那塊水泥地板……

地面上不規則地……不，看似不規則但實際上有規則地、到處都有被刻出來的痕跡。

這到底是什麼？

雖然感覺應該是用什麼工具刻出來的，可是錯了。

恐怕這應該是——人類**用指甲刻出來的**。用一種猛烈的力氣。

從刻劃地板而留下的水泥碎屑看來，這應該是剛剛才留下的痕跡。

大概是從我跟亞莉亞互相抱在一起，直到亞莉亞逃出屋頂為止——不斷用指甲刻劃出來的吧？不斷地、不斷地、重複刻出同樣的東西。

（這是文字啊，是片假名嗎？）

半……反……？亻？走……？（註8）

我因為自己的影子而看不太清楚，於是稍微移動了一下身體。如血液般鮮紅的夕陽餘暉照耀在地板上。

被照出來的文字不只是地板上——就連牆壁上也可以看得到。

叛徒　叛徒　叛徒　叛徒　叛徒

（這是……什麼鬼？）

讓人毛骨悚然呢。是誰啊？是誰在這裡做了什麼類似詛咒的儀式嗎？

說得也是——應該就是這樣吧？

畢竟再怎麼說，這裡可是ＳＳＲ，是做出這種事情也不足為奇的傢伙們聚集的賊窟啊。

大概是因為看到了那一幕驚悚的畫面，讓我的爆發模式很快就解除了……

註8　此處是以中文的方式表現，原文為日文片假名的拼音。

回到男生宿舍後，我看到金女正在收看衛星轉播的棒球比賽。

主播說的是英文，應該是在看ＭＬＢ的季後賽吧？

「唉——**兩出局**了呢。真不合理……好想拿菜刀把肚子剖開喔……」

聽到她背對著我嘀嘀咕咕說著莫名其妙的話……

「喂，我回來囉。」

而當我對她搭話後……

金女便露出滿臉的笑容轉頭看向我。

「啊，哥哥，歡迎回家～！飯已經煮好了喔。」

仔細一看，玻璃桌面上凌亂地丟著大量的牛奶糖包裝紙。

是跟之前我在便利商店買給她吃的那個同樣的牛奶糖。

那樣子看起來就像是在暴食洩憤一樣，棒球比賽的內容有那麼無趣嗎？

「喂，金女，明明就是晚餐前……不要老是吃那種東西啦。」

「咦？為什麼？」

「什麼叫為什麼啦，那樣對身體不好吧？而且還吃了那麼多。」

我一邊脫下外套一邊如此說著，然後轉回頭——

竟看到金女……用充滿淚水的感動眼神看著我呢。

「這、這次又怎麼了啦？」

「我好高興。果然真正的愛情就在這裡呀。沒錯，我才是最棒的呢，畢竟又是最年輕的。哥哥愛我絕對比愛任何人都深呀。」

看著金女彷彿是在說給自己聽一樣，還得出了莫名其妙的結論……

「不……妳的腦袋裡是怎麼得到那種結論的啦？」

「因為哥哥在關心我的健康呀。」

只因為那樣一件雞毛蒜皮的事情就擴大解釋的金女……

開始用手指搓揉著沙發的椅背。

她的手指上貼滿了ＯＫ繃，這次是**全部的指尖都受傷了**。

「喂，妳的手指是怎麼了？」

「啊、啊、這是那個……」

金女把視線從我身上移開後——

「在……在做菜的時候弄傷的啦。」

「做個菜居然讓手指受傷到那種程度？妳沒事吧？」

「嗯，不要緊的。哈哈哈，我沒事，我沒事啦。」

金女露出害臊的笑臉，不斷揮動手心。

真的是，我都搞不清楚她到底是算靈巧還是不靈巧了。

然後……

我回到房間的時候聞到味道就已經知道，今天晚餐又是咖哩飯了。

金女每兩、三天就會煮一次咖哩飯，

「難道妳喜歡吃咖哩嗎？」

於是我在一起吃晚餐的時候這麼問道。

「不討厭。」

「就只是那種程度而已？妳不是每兩天就會做一次嗎？而且每次煮出來都是一樣的味道。」

「嗯，因為我第一次做的時候——哥哥說過『很好吃』呀。」

「就、就因為那樣啊？真虧妳還記得我說過的話。」

「只要是哥哥說過的話、**做過的事**，我聽過看過之後就全部都記得喔。」

金女滿臉幸福地將視線看向餐盤上的咖哩……

「那時候聽到的話，讓我感到非常開心……所以我都會用跟當時相同的食材跟咖哩醬，做出跟當時一樣的味道。連一公克的誤差都沒有喔。」

她居然若無其事地說出這種不得了的話。

「連一公克的誤差都沒……妳還真行啊。」

「**因為我是絕對不會忘記事情的那種人呀**。」

她低下頭，從栗色的瀏海之間用翻起來的眼睛看向我。

那眼神——因為瀏海陰影的關係，看起來有點像是在瞪人呢。為什麼要瞪我啦？

哎呀，反正金女本來就是個情緒不安定的女孩子，對她每個舉動都在意也沒什麼意義吧？

於是我只是「這樣啊」地簡單回答一句後，又繼續吃著確實很好吃的咖哩了。

武偵高中一般科目的上課內容跟普通高中比起來，程度上比較低落。

這或許是因為聽講的學生們腦袋都比較「那個」的關係，不過最重要的原因是因為對於「武偵」這種職業來說，比起「什麼都做得到」的通才人物，「某一點特別傑出」的專才人物還比較容易成為一流人才的關係。因此將教育重點著重在專門科目上的結果，就演變成這個樣子了。

也因為這個原因，如果沉浸在武偵高中整整三年的話……就會生產出一個一點都不普通的人類，也會被定下一個無法回頭的未來。例如說，亞莉亞跟蕾姬以武偵來講確實是一流的人才，可是你可以讓她們將來去普通的公司當ＯＬ試試看，那絕對會搞砸的。

以成為普通的大人為目標的我之所以會想要轉學出去，這部分也占了很大的原因。

（姑且先不論程度上的問題，至少一般科目要學好一點啊……）

就在我因為這樣的原因而比較認真在上課的英文課堂上……

——咻！咚咚。

彷彿要打攪我上課般，某個東西從我的座位後方飛來，滾在我的書桌上。

「？」

將它撿起來一看，是一顆小紙團。

這摸起來的觸感……

是武偵在進行機密性的簡易交談時，會使用的一種經過鹼性處理的水溶性紙張呢。

我偷偷摸摸地將那紙團展開來——

『查明3的真實身分了，十七點到美術器材室來共享情報。

P.S.　要不要順便進行復健訓練？

L.Watson』

看到紙上這樣寫著，於是我轉頭看向華生的座位，結果她皺起眉頭露出一臉「白痴，看前面啦」的表情。

順道一提，當華生在丟紙團過來的時候，亞莉亞正在擤鼻子，而理子在睡覺，所以兩個人都沒有察覺到這一段互動……

可是我說華生啊，妳幹麼要用紙團聯絡啦？傳個手機郵件不就行了嗎？

於是，當我來到關上窗簾而顯得有些昏暗的美術器材室，向華生抱怨這件事情後，

「因為你總是會無視我傳的郵件啊。」

說著，華生就有點鬧彆扭地，砰。

用裝有女生制服的紙袋敲了一下我的腳。

這傢伙。明明在大家面前都表現得一副優秀高材生的樣子，可是跟我兩個人獨處的時候就會莫名地像個小鬼一樣。剛才那什麼動作啦？

總覺得她對我的態度該說是有點敷衍，還是虛偽的樣子。該死，竟敢小看我。

「尤其是只要內容有提到『復健訓練』四個字，你就一定會裝作沒看到啊。」

華生的臉頰微微染成粉紅色並生氣地說道。而確實就如她所說的……

華生總是糾纏不清地一直寄郵件來邀我進行「復健訓練」，而我已經無視了她好幾次了。

所謂的復健訓練……就是明明身為女兒身，可是卻以男孩子的身分來到武偵高中的「轉裝生」華生，為了總有一天要向大家坦白自己是女孩子而進行的一種類似重返社會訓練的東西。如果照華生所說的話，這似乎也是因為我對於所謂的「女孩子」理解得實在太少，所以順便為了讓我熟悉而進行的一種訓練。

而要說到那內容究竟是在做什麼嘛……

就是兩個人一起關在這間房間裡，然後華生進行為了變得更像女孩子的「女孩子

訓練」，而我則是進行為了變得更像男孩子的「男孩子訓練」。

簡單講，就是一種比較簡單的角色扮演，也就是扮家家酒。明明就已經是高二生了說。

重點是，要我老實說的話——

我根本就不想要跟一個女孩子（華生）在這種昏暗狹小的密室裡兩人獨處啊。

所以我才會那樣拚命無視的說。妳也察覺一下我的心情行不行啊，華生？

然而華生對這個復健訓練抱著一種莫名熱誠的態度，自從她發現就算寄郵件邀約也會被我逃掉之後，就開始用盡各種手段想要把我強硬地帶到這個地方來。例如像這次一樣，搭配其他的事項，順道邀約。

而就因為這樣，我至今也被迫跟她進行了五、六次的復健訓練。

「我知道妳想進行復健訓練的事情了啦，不過在那之前先共享情報吧。剛才那張紙上所寫的『3』是Third——也就是指GⅢ的事情吧？」

「沒錯。那麼你等一下一定要陪我做復健訓練喔？我可是期待了很久啊。」

華生對我再次強調之後，把手伸進書包中。

接著，拿出了一份A4大小的資料。

「雖然不清楚關於寄宿在你那邊的GⅣ——金女的事情，不過關於GⅢ的真實身分，我已經查明得差不多了。」

「是去詢問了情報科之類的地方？」

「不，是因為我對這名字感覺似曾聽過，所以去詢問了自由石匠的倫敦本部——總會所。結果在美國分部的『非協助者名冊』——『自由石匠的諜報員曾經提出邀請，但最後沒有成為會員的人物』的名單中找到了GⅢ的名字。他似乎在美國的武偵業界算是個名人，而詳細資料也都是歸類為準機密（Secret B）的程度。」

「名人……？」

「有名到我們的分部可以立刻調出資料的程度，而這就是資料內容的一部分。」

從華生拿出的照片中——

我看到了一名看似GⅢ的男人。

雖然他穿著黑色的西裝，而且戴著墨鏡。不過從外貌上看來，就是那傢伙沒有錯。

「……咦？喂……這個、沒搞錯吧……？」

但是，我感到吃驚的並不是GⅢ的打扮。

而是站在他旁邊、準備坐進一臺黑色勞斯萊斯的人物。

這個人……是美利堅合眾國第四十四任大總統……巴拉克・歐巴馬本人啊。

從GⅢ在照片中很自然地站在可以保護歐巴馬頭部與左胸的位置看來，他應該是在進行歐巴馬的護衛工作。

「這是真的。那傢伙原本是美國的武偵，而且階級還是比S級還要高的R級。」

「R……級？」

「你不知道嗎？因為日本人當中也有一個R級的人物，所以我本來以為你會知道。那個階級確實是存在的，而全世界只有七名武偵被冠上『R』的階級。因為當中大部分都是擔任各國首腦或王室的私人專屬武偵，所以就取Royal的第一個字母而稱作『R級』啊。」

比S級程度還要高的──R級武偵。

這世上真的有那種人物啊？

而且，全世界居然只有七人……到底是有多誇張啊？

就算是S級的武偵，全世界也只有七百一十二人而已呀。

「S級武偵的評價是可以單獨對付特殊部隊中的一個中隊，而R級則是可以跟一個大隊對戰的程度。如果是極小國家的話，只要一個人就可以進行壓制──」

「啊──饒了我吧。用不著你來跟我進行那種恐怖的說明，我也多少可以理解GⅢ到底是有多強了啦。該死……怎麼會有那麼強的傢伙存在啊……」

看到渾身無力的我，華生繼續翻閱著那份用英文寫成的資料。

「雖然詳細資料不明，不過GⅢ似乎是個人工天才──人為創造出來的天才的樣子。」

「人為……天才？喂，搞什麼鬼？那種事情……」

——不是好像曾經有在哪裡聽過了嗎？

華生大概是察覺到了我想表達那個意思的表情，於是點了點頭。

「伊．U——二次大戰後，雖然潛水艇『伊．U』逃亡了，可是當時的想法卻跟著計畫書一起經由德國那裡交到了聯合國手中。而到了現在，則是美國在進行相關的研究。他們打出『洛斯阿拉莫斯菁英計畫』的招牌，想要藉由科學手段來創造出天才的樣子。」

就像是……承襲了伊．U想法的機關啊？

而且還是跟比較偏向怪力亂神的伊．U不同，而是從科學性的角度上出發。

「但是，洛斯阿拉莫斯菁英計畫的成功案例很少。或者說，根本是零。」

「零？GⅢ不是成功案例嗎？」

「一開始確實被判斷是成功案例。IQ290，在洛斯阿拉莫斯的研究機關之中，他的學習能力甚至讓教職員反而成了他的學生。運動神經也是超人一等，雖然是非正式紀錄，不過聽說他刷新了不少個奧林匹克的紀錄，而且當時他的年紀才剛滿十幾歲而已。」

「那不是非常成功嗎？甚至還擔任總統的護衛了不是？菁英中的菁英啊。」

「到這邊為止。但是，似乎在某個時期——突然開始變得**不對勁**了。」

「……不對勁？」

「資料上寫說是『發瘋了』。從他出生長大的研究所脫逃，甚至徒手空拳把嚴密戒備中的完全武裝軍人們全數打到無法再戰鬥的程度。」

面對武裝軍人……徒手空拳？

是強到什麼地步啊？

而且腦袋還變怪了，真的是難搞中的難搞。

「之後，美國政府派出了一流的刺客前往暗殺GⅢ，而且還派了好幾名。但是就算派出了那些專家，卻幾乎全都無法找到GⅢ的所在位置。雖然當中有幾個人找到了GⅢ的所在，但是聽說沒有一個人再歸來了。」

「……都被殺了？」

「不，他們全數都成了GⅢ的手下。GⅢ擁有某種類似領袖氣質、可以吸引他人的魅力。在這一點上，搞不好就跟你很相似。」

「不要把我跟他相提並論，我才沒有那種性質。」

綴老師也曾經這麼說過，看來偶爾就是會有那樣的誤解呢。我明明就連朋友都很少的說。

「——從地下品川回來武偵高中時負責駕駛的那名男性，也是叛逃到GⅢ底下的其中一人。所以說，就算繼續派出刺客也只會讓GⅢ的同伴增加而已……美國政府察覺到這一點後，便中斷了暗殺計畫，而改為進行交涉、說服的手段了。現在也依然持續著。」

就連美國都無從對付的「人工天才」……嗎……

那種怪物，根本就不可能會輸給連成績都在平均值以下的我們啊。

或許就如玉藻他們曾經說過的，跟那些人正面交鋒並不是良策。

我事到如今才終於接受這一點了。

「GⅣ——金女似乎是GⅢ從研究所脫逃時，跟著他一起逃出來的人工天才之一。只是……因為還在育成中的關係，所以她並沒有在社會上留下紀錄。」

哎呀，我也或多或少猜到是那樣了啦，畢竟他們名字上有共通性嘛。

「……為什麼那樣的傢伙會想要在『極東戰役』中湊一腳啊？」

「這一點還不清楚，目前正在調查中。」

「……」

「以上就是要共享的情報了。接下來……就開始進行復健訓練吧。」

「……」

「開始進行復・健・訓・練吧？」

華生表現出就像主人不願意跟牠玩球而生氣的小狗一樣的態度，

「喔、喔喔。」

於是陷入沉思的我終於把頭抬了起來。

哎呀……畢竟也分享到情報，而且我也打從一開始就乖乖地跟到這裡來了……

今天就陪陪她做復健訓練吧。

「咳。關於今天的PLAY，就設定為社團活動——我是擔任社團經理的女孩子，而你是社團選手。劇情我已經寫在筆記本上了，臺詞也是。」

「妳也太興致勃勃了吧……而且拜託妳完整地說role play（角色扮演）行不行？簡稱叫PLAY什麼的聽起來很怪啊。」

面對我的抗議，華生似乎當耳邊風了。

「遠山覺得什麼社團比較好？就老套地設定為騎馬部怎麼樣？」

「哪裡老套了啦？隨便什麼社團都行，快點開始啦。」

「好。那麼，遠山，你轉過去面對門的方向，我要換衣服了。」

華生說著，就從紙袋中拿出了水手服。於是我轉身背對她……

唰啦。唰啦。

背後傳來華生開始脫衣服的聲音。

我因為曾經在這傢伙的暴力威脅下被迫看到她脫衣服，所以我知道：華生在男生制服的底下只會在下半身穿上女性用的內在美。

也就是說，現在……那個……「那個」應該全都露出來了吧？

白皙到就算是在這種昏暗的房間中也顯得耀眼的、那個——

（不、不妙……！）

奇怪的記憶差點就湧上腦海了。

要是因為所謂的「回想爆發」而靠著自家發電進入爆發模式的話，就跟白痴一樣了啊。

必須要想想辦法——轉移注意力才行。

就來觀察門上的汙漬或是鑰匙孔吧，雖然做這種事很沒有意義。

於是，我看向眼前這塊沒什麼特別的門板……

（……嗯？）

卻看到從鑰匙孔透進來的光線，剛剛好像搖了一下……

而且——

好像還微微聽到某種像是在咬牙切齒的聲音呢，從門板的另一邊。

（難道，有誰站在門的另一邊嗎……？）

我如此一想後，便蹲下身子，從鑰匙孔窺視走廊。

雖然因為孔洞很小而沒辦法看到走廊全體的樣子……

不過，至少應該沒有人站在門前才對。剛才大概只是有人從門前經過而已。

話雖如此，但是有察覺到某種動靜也是事實。還是早點讓復健訓練結束比較好吧？

「換好了沒？」

我向身後的華生詢問後——

「還、還沒啦。在弄領巾的時候，內衣的扣子就鬆掉了！太不幸了。」

不、不要做雞婆的實況轉播啦！

「……好，我穿好了。嗯嗯……穿裙子的時候腳下都會透風進來，感覺實在很不對勁啊。」

我終於聽到她這麼說道——

於是用「一二三木頭人」的狀態轉頭一看，便看到扮女裝的華生穿著水手服。

雖然正確來講，因為她本來就是個女的，所以應該要說她平常的樣子才叫「扮男裝」，只是在我的感覺上是相反的罷了。

（不過話說回來……這樣仔細一看，她還真的是個女孩子呢……）

那雙腳的線條給人一種健康美的感覺，平常都用褲子遮起來真是太浪費了。

「……幹麼一直盯著人看啊，遠山？啊！不不不，沒關係的，你就盡量盯著看吧。畢竟我是個女孩子，不可以因為那樣的視線就感到不知所措。而且雖然平常並不會表現出來，不過其實你內心是喜歡我的啊。」

「妳、妳在鬼扯什麼啊？」

「劇本上就是那個樣子。」

華生說著，然後「啪！」地用指頭彈了一下筆記。

「什麼叫『就是那個樣子』啦，那是妳寫的劇本吧？幹麼要寫那種設定啦！」

「又、又沒什麼關係！PLAY的內容要怎麼寫是我的自由吧！」

華生如此說著，兩腳的姿勢變得有點類似在打拳擊了。

要是被她揍的話我可吃不消，這裡還是唯唯諾諾地順從她比較好吧？

「……然後呢？今天要做什麼？」

「首先就跟以往一樣，從漸進式訓練開始吧。」

所謂的漸進式訓練，是一種參考心理學上克服恐懼症的手法……對於害怕的東西或行為一點一滴地慢慢階段性靠近的訓練方式。

以華生的狀況來說，那個目標就是讓別人看到自己身為女孩子的姿態也不會感到著急。

一開始的訓練是跟我相隔一公尺左右的距離而盡量讓彼此可以正常交談，之後隨著訓練的次數累積而七十五公分、五十公分、三十公分地漸漸縮短距離。

「之前的訓練是以女孩子的姿態接近到鞋尖與鞋尖相距五公分的地方了——所以今天要讓彼此的鞋子相碰。如果可以做到那樣的話，我想我也很了不起了吧？」

到底有什麼好了不起的啊？

算了，就隨她高興吧。這也是為了讓訓練可以早點結束啊。

「那就來吧，華生。」

「嗯、嗯，你可別逃啊？啊！不對——那麼，你就站在那邊不要動呦，遠山……同學。」

只不過是用女孩子的口吻說了一句話而已，華生的臉頰就染成了粉紅色……

然後，踏著像是在地雷區走動的腳步，一步、兩步地慢慢靠近我。

深紅色的裙子緩緩搖曳……

仔細一看，她腳上的鞋子也換成了稍微帶點褐色的女生用學校指定鞋了呢。

「……要、要去了呦，遠山同學。」

我默默地站在原地，看著華生將距離縮短、來到我的正前方……

最後，她像是下定決心般往前再踏出一步——

將她的鞋子跟我的鞋子相接觸，或者說好像已經有點踩到我的鞋子了。

「……」

「……」

因為華生的身高比我低，她的頭剛好就在我的下巴附近——從她的短髮中，伴隨著似乎變熱的體溫……飄出一股肉桂的香氣。

（……嗚……）

這就是華生危險的地方。

因為她平常給人的印象是個男孩子，所以只要像這樣稍微表現出像個女孩子的樣子時……

就會異常地讓人感到很可愛。

比方說把理子拿來做比較的話——因為理子平常就是一副百分之一百二十女孩子的樣子，所以當她出現在我面前時，我就會立刻提高警覺。正因為事先提高了警覺，所以就算被她靠近身邊我也可以忍耐得住。就這樣，我的身體自然對她有一套不會容易進入爆發模式的對應準則。雖然這很悲哀。

但是在面對華生的時候，我就會抓不準那個該提高警覺的時機點。

平常總是以男兒身的樣子生活的華生，無論如何都會讓我產生一種疏忽大意的心態。

而如果她在某個瞬間忽然表現出像個女孩子的感覺時——

就會害我像現在這樣，讓體內的血流瞬間擦過危險邊緣。

「……遠山、同學，午安。今天馬兒們也很有精神呢。」

就在我沉默不語的時候，站在我面前的華生扭扭捏捏地對我打了聲招呼。

而她那種扭扭捏捏的感覺又讓人覺得她更像個女孩子了。好像不太妙啊。

跟那個老是以怪異的行為譁眾取寵的演員理子不一樣，華生那感覺就像她這個年紀的女孩子該有的表現。

冷靜下來……冷靜下來啊，金次。

我已經在這個地方爆發過一次了，不要重蹈覆轍啊。

「不、那個……妳沒事吧，華生？果然零距離還是太撐了一點吧？」

「沒問題的，甚、甚至覺得很舒服呢。還、還有，我之前也說過了，當我穿著這身打扮的時候……叫我『L』嘛。」

「喔、喔喔，抱歉，L。」

「總、總覺得今天可以很順利呢，我會加油的。」

「我也會加油。」

加油讓自己不要進入爆發模式。

還是深呼吸一口，讓心情冷靜下來好了。正當我這樣想而用力吸了一口氣……

糟了，得到反效果啦！居然讓華生身上飄出來的甘甜香氣充滿我的胸腔了。我到底在搞什麼鬼？

就因為這個自爆行為，我差點就進入了很輕微的……爆、爆發模式……

「好——今天，我要做了呦，遠山。」

「做什麼啦！」

「你放心！」

「啥？」

「只有臉頰而已，不、不、不會在嘴唇上！那個等到下次再說！」
「所以我問妳要做什──」
就在我再度反問她的時候，滿臉通紅地抬起頭的華生──啾──
輕輕把她的嘴唇貼上來了。
──……！
這就叫做「有二必有三」嗎？
接在金女、亞莉亞之後──雖然有點像變化球──連華生都親我了。
這個月已經是第三個人了。我到底是多有行情啦？
「……嗚……！」
「成、成、成功了！」
華生像是打從心底感到開心般，往我的身上抱了過來。
她柔軟的手臂啦、胸部啦、腰部啦，全都貼到我的身上來了。果然是個女孩子啊。
「我成功了，遠山！果然跟你做復健訓練是正確的選擇啊。實際做了之後我才知道，這、這該怎麼形容才好……真是個會讓人感到幸福的行為呢。這是可以讓我確實成為一個女孩子的關鍵行為呀。再來──再多做幾次吧。」
她說著，就再次把嘴唇貼到我臉頰上來，「啾、啾」地親了好幾下。
「住、住手啦！一次就夠了吧！」

「還要、還要更多呀。遠山，好喜歡、好喜歡——劇本上這樣寫，所以我就這樣說了。」

哪來這種社團啦！馬到哪裡去了！

雖然沒有像理子或白雪那種煽情的氛圍，而是像個小孩子一樣的行為——可是那反而讓我覺得那樣的華生莫名地很可愛。於是——

我抱著華生，進入輕微爆發了——

雖然很輕微，但是這確實是爆發模式啊。

——就在這時。

我稍微變得敏銳的聽覺聽到了——

——唧哩唧哩唧哩唧哩——

又是剛才那個像是在咬牙切齒的聲音，從門板的另一邊傳來。

於是我轉過頭去——從鑰匙孔看到了某個人的眼睛——！

「——等等、L——L！」

「遠山、遠山。」

「不對，我現在不是在呼喚妳啦。給我冷靜下來，我知道妳因為復健訓練有成果了很高興啦。」

「……？」

我把華生用公主抱的方式一把抱起來，帶到維納斯像的背後。

然後偷偷往旁邊瞄了一下，鑰匙孔中的眼睛還在窺視房間中啊。

而且又聽到了那陣奇怪的「唧哩唧哩」聲，果然聽起來很像是在咬牙切齒的聲音。

雖然我很希望對方從那個小洞沒辦法看清楚房間內的動靜，不過應該是有看到剛才那一幕像是一對男女在幽會的光景吧？

我壓低聲音，在一臉茫然的華生耳邊說道——

「有人在偷看！復健訓練到此為止了，快點把衣服換上。」

「——你、你說什麼！」

華生瞬間臉紅到像是頭頂上要噴出火來一樣——

接著慌慌張張地把裝有男生制服的紙袋一把抓了過來。

「——快點！要盡快去確認走廊的情況啊。」

「遠、遠、遠山！幫幫我，我、我、我的手抖得很厲害，沒辦法換衣服呀。」

聽到快要哭出來的華生這樣說道，於是我只好盡可能讓自己不要看到她的身體——

將裝在紙袋裡的制服襯衫拿了出來。

就在慌了手腳的華生拖拖拉拉地脫著水手服的上衣時，我把臉背向她，順便再次確認門板另一邊的動靜……

大概是對方發現我們已經察覺到他的存在，從鑰匙孔偷窺的眼睛消失了。

我的耳朵也聽到從走廊的方向——傳來某個人逃跑的微小聲音。看來是腳底抹油逃走了。

（那個差勁的傢伙……）

不管怎麼說，如果發現一對男女在沒有人煙的地方偷偷摸摸進行什麼事情的話……

正常情況下應該要裝作沒看到，然後靜靜離開現場才是有禮貌的行為吧？

雖然沒辦法向對方詳細解釋——不過我們是類似一對病人，為了要克服病痛而很可憐地在進行復健訓練啊。可是那傢伙居然就這樣偷窺起來。

「快點撤退啦，華生。雖然那個偷窺魔似乎不見了，可是，要是對方去叫人過來的話，事情就麻煩啦。」

「啊、嗯、嗯。」

因為華生似乎換好男生制服了——

於是我把華生脫下來的裙子塞進紙袋，抓起華生顫抖的手衝向房門。

接著趕緊把門鎖打開。

這時，華生突然表現出一副不願意走出去的動作。

「妳在幹什麼啦，快走啊。」

「等、等一下，遠山，我還沒整理好衣襟……！」

華生用左手整理著男生制服的衣襟——就連襯衫的衣襬也只有一半塞進褲子裡而已，看起來有夠凌亂。不過也沒辦法管他那麼多了。

我如此一想，於是強硬地把華生從美術器材室拉出來——

「咦？遠山……還有華生？」

卻被正巧從樓梯走上來的——我們的同班同學——

強襲科的美男子、不知火給……撞見了這一幕。

不知火他——

把雙眼睜得跟銅鈴一樣大，驚訝地看著我們。

有選修美術課的不知火手上抱著好幾片做蝕刻版畫用的銅版，大概是被老師拜託來搬運教材的吧？

發現到不知火身影的華生，本能性地……用手遮住（跟亞莉亞相反地）經由讓胸部看起來比較小的胸罩以及白布條偽裝的平坦胸部，做出遮掩的動作。

而她身上的打扮，不管怎麼看都可以知道她是剛剛才穿上衣服的。

看到啞口無言的我，以及一臉哭喪地躲在我背後的華生……不知火他……

「呃……」

露出不知道該不該詢問「到底發生了什麼狀況？」的表情。

「……嗚……！」

而我則是全身僵硬得像座石膏像一樣，並且靠著進入輕微爆發的腦袋思考著。

剛才的偷窺魔是往另一個方向逃跑的，所以應該不是這個傢伙——

（但是現在這個狀況，還是有可能會發展成嚴重的問題啊……！）

這時，在我的腦海中——

浮現出穿著和服的不知火名人與遠山龍王在下著將棋的畫面。（註9）

盤面上，不知火已經展開了激烈的攻勢；正是不知火攻、遠山守的狀況。

而現實中的我為了求助而轉頭看向華生，可是華生卻把額頭貼在我的背上，把臉藏了起來。看來這傢伙有一種一旦陷入驚慌失措，就會進入被關上電源的沉默模式，然後把所有的事情都丟給其他人來處理的傾向。真是個狡猾的女人。

（客觀來看我跟華生的狀況的話，不妙。實在很不妙啊……！）

剛才不知火所看到的景象是這樣的：

在沒有人煙的選修科目大樓裡，從狹小的美術器材室中……

明明沒有選修美術課——也就是說，沒有正當的理由會來到這裡的我跟華生，兩個人一起跑了出來。

註9　「名人」與「龍王」皆為日本將棋界中的最高稱號。

而且華生看起來似乎剛剛在房間內把衣服脫掉了。

從這一點來看，用將棋來形容的話，我的飛車跟角行已經被不知火奪走了。

不，現實中發生的事實……也就是我躲在器材室中「讓女孩子脫掉衣服，做了些什麼事情」的狀況，只要我讓個一百步，不，一千步的話——應該是可以成立的吧？

雖然我對於做出這種事情有千百個不願意，但是只要把事情當作是類似所謂「男女密會」的行為，就可以蒙混過去了。

——但是，最重要的問題是：

不知火並不知道華生是個女的。

他以為是個男的啊。

也、也就是說，從不知火的角度來看的話……

他會以為我是在美術器材室中——「讓男孩子脫掉衣服，做了些什麼事情」啊！

（這根本就已經被將軍了吧……！）

在我的腦內將棋中，金將與銀將也全都被不知火奪走了。

華生的美少年容貌是校內有名的。這傢伙在文化祭的變裝食堂活動中穿上水手服的時候，甚至有很多男學生為了她狂喜亂舞啊。簡單講，她就是個受男孩子歡迎的男孩子（實際上是女孩子）。

而最先對她伸出魔掌的，是以「花花公子」的名號惡名昭彰的我。也就是說，遠山金次還只是區區一個高二學生，就已經對女人感到厭倦，而開始品嘗美少年的滋味了——

——如果是這樣的推論，應該就可以在不知火的腦中成立了吧？

而在我的腦中，我的桂馬跟香車也消失了。

再加上華生跟我看起來感情很好地牽著手走出來，這可以解釋為兩個人的行為是在雙方同意的情況下發生的。而且華生的制服看起來非常凌亂，也就是那個行為的內容已經到達非常深入的程度。

到、到最後，連我的步兵都全部從將棋盤上消失了啊。

（必、必須要趕快辯護才行——）

就算只剩下一枚玉將，也依然繼續逃竄而丟盡顏面的遠山龍王，用輕微爆發下的腦袋——勉強想出了一個「我明年打算要選修美術課，所以為了事先預習而畫了人體素描的練習。華生是我的模特兒。」的故事。

不，這也太勉強了吧？可是在單純的輕微爆發下，我也只能想出這種程度的東西了。

雖然風魔的時候我也想出了這種程度的藉口，可是那是因為風魔是個白痴所以才會相信的。不知火的頭腦很靈光，這種藉口派不上用場啊。

但是如果不出手的時間太長的話，也是會因為時間用完而輸棋的。

快──快說出口啊！男人要緊的是膽量，不管什麼方法都要嘗試啊！
「不、不知火！聽我說！我之所以會跟一個男的在這種地方──」
就在焦急的我總算開口的時候──
不知火卻抱著銅版，靜靜地朝我的方向伸出一隻手。
就像是在對我說：不需要再說下去了。
接著用他那武偵高中裡難得一見的人格優良者所擁有的客氣態度……
「沒關係。畢竟這種事情很難見光──我不會跟任何人說的。我發誓。」
竟然僵硬著表情露出微笑了……
那是一張溫柔的笑臉，顯示出他雖然完全地誤解了我跟華生的關係……可是依然用大海般遼闊的心胸，接受了眼前這兩個品嘗禁果的人。
雖然他還是沒辦法完全隱藏自己的動搖，而讓指尖微微顫抖著。
在我的腦海中，浮現出遠山龍王已經徹底失去退路──道出「沒有下一步了」這句話後，低頭認輸的畫面。
「遠、遠山，我們走吧。」
而事到如今才總算開口說話的華生，推著我的背……
將腦中一片空白的我帶出了選修科目大樓。

5彈　驚喜玫瑰

坐著華生的保時捷回去男生宿舍的路上，我跟華生都尷尬得沉默不語。

現實中被同班同學目擊到幽會現場的情侶，大概也是這樣的心情吧？

順道一提，華生後來振作得很快，甚至還有心情對依然消沉的我安慰道：「不知火發誓過不會跟其他人說了，不用擔心啦。」

哎呀，在這一點上我也同意啦。畢竟不知火的口風很緊。

但是……我從今以後到底該用什麼臉去面對不知火才好？那傢伙可是我為數稀少的友人之一啊，其他的友人就只剩下武藤而已了。再說，要是我今後跟武藤之間有什麼友好互動的樣子被不知火看到的話，想必會讓他操不必要的心吧？哈哈哈。

我在心中自嘲著，在男生宿舍前下了車——

雖然在回五樓房間的路上跌倒了五次之多，不過最後總算是進到玄關了。

金女並沒有在房間裡，大概是出門買東西去了吧……

我無力地爬在地上來到沙發上，一邊把玩著手槍，一邊思考著「只要用這個，想死就隨時可以死了呢」這種危險的事情……

可是我的心似乎想要逃避現實的樣子，而突然變得想睡起來。或許也是因為進入輕微爆發而造成的疲憊感吧？畢竟爆發模式結束之後，常常都會變得想睡。

——雖然現在才晚上六點而已，不過還是小睡一下吧。我連睜開眼睛都覺得辛苦了啊。

……三出局……

……咚、咚、咚、咚……

聽到有人在說話的聲音，還有菜刀在砧板上切東西的聲音……讓我醒了過來。

（……？）

稍微抬起頭看向廚房的方向，便看到金女已經回到房間了。

可以聞到咖哩的味道。大概是在做飯吧？

時間是……七點。看來我睡了一個小時左右。

「……啊，哥哥。對不起，我吵醒你了？」

金女一邊把切成絲的紅蘿蔔放到沙拉上，一邊對我露出感到抱歉的表情。

「不，沒關係。是我自己在奇怪的時間睡著不對。」

或許是因為睡了一下的關係，我的心情稍微振作起來了。而當我把身體坐起來的時候——

金女把菜刀放回砧板上，洗完手……走向我身邊。

接著，「砰」一聲坐到我旁邊，「呵呵呵」地用滿面笑容抬頭看向我。

「……幹麼啦？」

「可以聊聊天嗎？這是跟可愛的妹妹對話的時間喔。」

「可愛的妹妹……哪有人自己說自己的啦？」

「我呀，把這房間中沾有哥哥味道的地方全部都找遍了喔。」

「不要把我的發言當耳邊風啊，而且還一臉認真地說出那麼噁心的話……」

「那個……哥哥都沒有買什麼色色的書嗎？我都找不到呢。」

搞……搞什麼啊？

為什麼要沒頭沒腦地問這種怪問題啦？我現在可是身心俱疲，妳就饒了我吧。

「沒有啦。」

誰要買那種恐怖的東西啊。

我幹麼自己在家裡設置那種爆發模式地雷啦？

「——那樣很奇怪啦，哥哥。」

「奇怪的是妳好不好？幹麼要找那種東西？」

「因為我想知道哥哥的喜好呀。**就我目前所看到**，哥哥對女孩子的喜好很沒有統一性呢。」

「因為我本來就沒有什麼喜好啊。根本就不喜歡的東西，哪裡談得上什麼喜好啦？」

「可是、可是～」

金女像是在撒嬌般抓著我的袖子。

「我想要在兩人生活的期間中把握住哥哥會為了什麼事情興奮呀。然後，我想要藉此變成符合哥哥喜好的妹妹。」

「為什麼要變啦？不用變沒關係啦，給我安分一點。」

我揮揮手想要把金女趕走——

可是金女卻露出「我不懂」的表情，把一隻腳抬到沙發上，轉身面對我。

而因為這個動作，讓她白皙的大腿從制服迷你裙中幾乎完全露出來了。

（……嗚……）

雖然我對金女很難進入爆發模式，我依然提高警戒，把視線移開。

一方面也是因為跟金女之間的對話內容，讓我現在才發現一件事：我似乎對大腿也很沒抵抗力。

女孩子的香味，還有大腿，今後我要對這兩點提高警覺才行。

「現在不是乖乖安分的時候了呀，哥哥。難得上門的『美食』擺在眼前，不享用的話太不合理了。」

「美食……？」

這次換成我露出了「我不懂」的表情——

於是金女用力伸出食指，擺出「聽我娓娓道來」的表情。

「打從出生之後就離散多年的妹妹忽然出現了。哥哥是高中生，而妹妹是國中生。而且，妹妹還是個非常可愛的女孩子。」

「……？」

「妹妹出現後，兩個人變成在同一個屋簷下獨處生活。妹妹從以前就看過哥哥的照片或影片，覺得哥哥非常符合自己的喜好——而實際見面後，妹妹立刻就喜歡上哥哥了，喜歡得喜歡得無法自拔。」

「……？……？」

「這樣的狀況，不是就叫做『美食當前』嗎？在『妹蘿』裡面好幾次都這樣叫過喔。所以說，配合『享用』這個隱語——」

「——那是！雖然我並不清楚，不過那是像理子在玩的遊戲或是青年漫畫中才有的情境啊。是我無法理解的世界中才會發生的事情啊。」

「才不是呢，哥哥。在現實中，現在就發生在哥哥身上了呀。」

金女大概是覺得自己的存在被否定了，於是大聲反駁。

「如果以遊戲來形容的話，現在已經是最後階段了喔，哥哥。已經結束了日常生活橋段，而雙方的好感度也已經到達最高了呀。零碎劇情都消化完畢，已經進入金女路線了。可是哥哥卻依然到處亂跑——都不對我做出什麼事情。這樣下去會變成 Bad End 喔？」

說著，金女就抓住我的手——

放到自己的胸口上，還為了不要讓我反射性地把手移開，而刻意放在稍微靠上面的胸部上。

「你看……我的身體已經如此發燙了。所以說，哥哥，你可以對我做那些男人都會想做的事情喔？我們一定可以做得很好的。」

「不要說那種噁心的話！我之前也說過了，妳明明說自己是我的妹妹……為什麼又那麼想做、那個、那種事情啦！」

我趕緊把手甩開後瞪向金女。而金女這時候——

露出一副要打出手中隱藏的最強鬼牌的表情。

「因為只要那樣做，哥哥跟我就可以變成『雙極兄妹』——理論上可以存在的、這世上最強的兄妹了呀。」

「最強的、兄妹……？」

「只要哥哥跟我變成可以靠彼此進入ＨＳＳ的關係——兩個人就可以所向無敵，成為世界上最強的搭檔了呀。」

「等等，妳說ＨＳＳ……是指爆發模式的事情嗎……？」

「那就是哥哥對ＨＳＳ的稱呼方式嗎？對呀，我的身上有可以進入ＨＳＳ——爆發模式的基因喔。」

「什、什麼……？」

「因為我是妹妹嘛。」

……嗚……

「——我還沒有進入ＨＳＳ過，所以其實很擔心是不是真的可以做到。可是，跟哥哥相遇、相處之後，我確定了。我可以，我一定可以。我們可以成為世上最強的雙人組呀。」

金女說到這邊後，露出準備打出另一張牌的眼神。

「哥哥現在參加了『極東戰役』。只要哥哥願意跟我一起進入ＨＳＳ的話，我也會在戰役中幫哥哥的忙喔。只要兩個可以自由自在進入ＨＳＳ的人在一起，不管面對怎樣的對手，都可以把對方血祭一番了呀。不管是哥哥在戰役中想要得到的東西，或是必要的東西，也都可以輕鬆到手了喔？」

——怎麼樣？這提案不錯吧？

金女瞇起雙眼，似乎在如此詢問我。

聽到「必要的東西」這個詞……讓我在腦海中……

不禁浮現出「殼金」的事情──那些紅色的石頭現在有半數以上落入眷屬的手中，而如果不搶回來的話，亞莉亞搞不好會毀滅也不一定。

「不、可是、那個……我告訴妳，所謂的爆發模式……它的觸媒可是性……不、那個、該說是戀愛情感嘛、總之就是那種東西。身為一個人，是不可以用那麼隨便的態度對待那種事情的啊。就算彼此是一對男女，也不能刻意玩弄──」

聽到我吞吞吐吐地說著，金女忽然竊笑一聲，打斷我的話。

「沒錯，對我們來說，戀愛不是遊戲。**戀愛是為了戰鬥而存在的**。」

這時──我才終於──

隱隱約約地理解了這傢伙之所以會糾纏著我的原因。

只要某個「假說」成立，現在這種莫名其妙的狀況也就可以解釋了。

雖然我不太願意相信那個假說，不過……

如果就如金女所主張的，**只要她確實跟我有血緣關係的話**。

那麼，這傢伙……就有可能真的擁有爆發模式的基因。雖然我根本就沒有聽說過那種東西還有「女版」的。

另外，金女在普通情況下的戰鬥力就已經足以擊敗亞莉亞她們了。

也就是說，她已經有藉由某種手段──恐怕就是華生提過的「洛斯阿拉莫斯菁英計畫」──提高了戰鬥能力。而雖然她脫逃出來了，可是從她背後依然有美國的支援看來，應該是還沒有完全切斷關係的樣子。

恐怕就是為了那方面的原因──

讓金女想要藉由**爆發模式**，使自己的能力更加提升。

但是，金女似乎還沒有進入過爆發模式。大概是跟我討厭女人的個性一樣，因為她討厭男人的關係吧？

而那樣的金女不知道是哪根筋不對勁了，似乎對我的事情非常中意。

因此，她認為只要利用我，就可以進入爆發模式。

所以說……她才會像這樣親近我。

因為我是這世上唯一一個可以讓她成為一騎當千的存在──可以讓她進入爆發模式的對象。

而且她似乎還打算跟我組成搭檔，成為二騎當兩千（？）的雙人組。

這種事……姑且不論真偽，但是在各種意義上都很危險啊。

──這時，金女把身體靠到我身上，打斷了我的思考。

那種抓時機的技巧就跟理子一樣高明。

「擁有HSS能力的人，在戰鬥中可以成為一名強者──可是取而代之地，在戀愛上就會變成一名弱者。因為這樣的體質，是沒有辦法被異性理解的。尤其是在對性愛特別容易興奮的年輕時期。」

「喂、喂……」

面對不知所措的我，一雙深海色的眼眸從我的臉下方往上看過來。

「即使被異性喜歡，那也是對藉由ＨＳＳ而改變的自己、『不是真正的自己』的愛情——是基於錯誤的理解而形成的錯誤感情。也就是說……這世上沒有一個女孩子可以在正確理解哥哥的前提下，正確地喜歡哥哥。**除了同樣擁有ＨＳＳ能力的我以外。**」

她發出誘人的聲音，彷彿就像是在說——

彼此都是弱者，所以一起來互舔傷口、互相安慰吧？

「哥哥只有跟我在一起，才能在互相理解的前提下進行正常的戀愛。雖然哥哥總是說跟我的接觸是不正常的事情，可是其實正好相反。我是這世上唯一一個可以跟哥哥進行正常戀愛的女孩子。可以跟哥哥成為情侶的女孩子，就只有我而已呀。」

說著，金女便拿出了一個東西……是「妹蘿」的盒子。

「哥哥愛著我，可是……心情上好像還是沒辦法跟我談戀愛。所以說，既然哥哥依然還是感到抵抗的話……那件事以後再說也沒關係。我已經不能再等了。所以……現在只要跟我做這樣的事情就好……一開始，只要這樣……就夠了。」

金女把「妹蘿」的包裝盒翻到背面——

（嗚……！）

因為我對那東西沒興趣，所以至今為止都沒有仔細看過……

不過那包裝盒的背面上，跟故意畫得很可愛的正面圖畫不同，而畫著——大概是遊戲的畫面吧——該怎麼說、都是一堆**很刺激**的圖畫呢。

「妳、妳在說什麼啦！什、什麼叫『只要跟我做這樣的事情就好』啦！太違反倫理了吧！」

我趕緊將視線從密密麻麻的卡通畫上移開——

「哥哥，你的想法才不合理呢。倫理觀念只是讓擁有HSS能力的人痛苦的東西呀。讓我告訴你——戀愛跟爆發模式的觸媒是不一樣的東西。人類只要想做的話，是可以將這兩件事情分開來思考的喔。戀愛，跟**那個**。所以說，也是可以只做這種事情的。」

金女對我闡述著我從來沒有思考過的新見解。

「因為哥哥是一個男人，所以想必至今為止都過著跟性衝動奮戰的日子吧？必須要壓抑那種衝動的日子，一定很辛苦吧？不過，現在已經不用再壓抑了喔？只要把我當作是玩具，做代償行為就可以了。而且那對我而言，也是必要的事情呀。」

「什、什麼叫玩具啦……」

「妹妹是哥哥的玩具。」

金女說著，就把全身上下各種柔軟的部分一口氣貼到我身上來——

表現出一副「現在就是關鍵」的氣勢。

「所以說，現在就算只是彼此利用的關係，我也不會在意的。雖然這樣會讓順序顛倒，不過世界上也是有因為這樣而萌生的愛情──特拉納上有這麼說過。」

從露出微笑的金女身上……飄出像牛奶糖一樣甜膩的香氣……

她那種說話的技巧以及煽情的舉動，讓我忽然聯想到理子──

同時也讓我察覺到至今為止都沒有發現的、金女的**知性**。

以前金女對我宣言過：『我要取代哥哥所愛的亞莉亞、白雪以及理子的機能』，而雖然她是靠著『自我流』的方式……不過她確實表現出了亞莉亞的強硬態度、白雪的奉獻精神，以及理子的撒嬌行為。為了要讓我對她感到中意。

這傢伙將那三個人的特徵，藉由房間中的私人物品、書籍以及遊戲等等東西來類推、學習，並且轉換為適合自己的東西。就算她有那個叫做「特拉納」的情報界面做為輔助，但是不到兩個禮拜就達到這樣的境界，也未免太快了。

這樣一想的話──雖然她看起來像個奇怪的女孩子，不，實際上就是個奇怪的女孩子──

不過，看來她確實不枉「人工天才」之名，是個擁有高度智慧的女孩子啊。

──太危險了。擁有高度知性的對手是非常危險的，因為這種人甚至懂得隱藏自己的知性。然後他們通常都很擅長利用對話來攻陷對手，光是跟他們對話都很危險……之前在偵探科的課堂上是這麼教過的。

——看來這下就算是用上強硬手段也必須要終止對話才行，要不然如果繼續任她誘導的話——

搞不好就會像那時候在置物櫃房間實際發生過的情況一樣，又會被她做出什麼怪事了啊。

「……嗚！」

我用力甩甩頭，將金女的身體推開。

「啊……！」

然後丟下發出聲音的金女，從沙發上站起身子——

準備腳底抹油，從這個家逃跑。

（而且……這不對。）

金女她——並不是只有想要利用爆發模式讓自己變強而已。

也不只是因為喜歡我，就做出這樣的行動。

金女她——還因為其他的原因——**在著急**。

她在為了某種理由而著急著。

明明就沒有聽她說明過，可是我卻可以知道一個女孩子內心如此深層的事情——

這種經驗還是我有生以來第一次。

就算沒有聽到說明，我也可以在無意中理解她的事情。

不知道為什麼，我就是可以從她那種在某些地方很像我的舉動或語調中，知道她內心在想的事情。

也知道……她一定是打從內心……對我的事情喜歡到一種病態的程度。

——但是，原諒我。

「……金女，我不管妳到底是何方神聖、有什麼目的，那些全都跟我沒有關係。爆發模式這種東西，對我而言就只是一種呼喚危險的導火線而已。只是一種因為與生俱來所以無法丟棄的性質，一種我根本不想要的東西。所以我——並不覺得有必要去熟悉它，甚至為此做出如妳所說的那種悖德行為。妳也不要那樣糟蹋自己啊。」

我說著，然後心中盤算著今天要去睡在武藤的房間——

於是轉身走向走廊的方向。

而就在這時，我突然發現到我剛才拿在手上把玩的手槍並沒有在腰帶上，於是又轉身回去——

「——哥哥，真不合理——」

卻聽到金女用低沉的聲音如此說道。

接著，她翻身衝到廚房中，啪！

粗暴地一**把抓起尖頭菜刀了！**

「——喂！」

在我大叫的同時，金女就像是要封鎖我的退路般，從廚房衝到走廊上。

在沒有點燈的昏暗走廊中，她那雙發光的眼睛——

已經、變得完全僵直了……！

「哥哥，已經、三出局了——三出局、就要『交替』了喔？」

金女的瞳孔瞬間撐大，牙齒還發出「唧哩唧哩唧哩」的摩擦聲。

——搞、搞什麼鬼？為什麼突然發飆了？

簡直就像是雙重人格者一樣突然改變氛圍。

是因為她領悟到就算用語言交談也是白費力氣，所以想要訴諸暴力了嗎？

不，看起來應該不只是那樣而已。

總覺得，金女似乎是一直在忍耐著什麼事情……

然後因為剛才的對話沒辦法得到滿意的結果，所以讓她的忍耐突破了界限，爆發了。

「話說回來，哥哥。」

從走廊的一片黑暗中，傳來金女低沉的聲音——

還有光著腳在木質地板上走路所發出的「啪搭、啪搭」聲。

昏暗中可以隱約看到她的臉——露出僵硬的微笑。

那表情……跟她剛才那種惹人憐愛的笑臉完全不同，是一種會讓人毛骨悚然的表情。

「什、什麼事？」

「哥哥，**你有沒有違反跟我的約定？**」

「約……約定？」

喔、喔喔。

是指那個嗎？就是跟我要求金女發誓「不會無緣無故攻擊人」做為交換的——

——『答應我，不要去碰也不要去抱除了我以外的女孩子。』

是指那件事情啊？

「——只要哥哥誠實道歉，哥哥違反幾次我就只刺幾刀。可是，要是哥哥隱瞞的話，隱瞞幾次我就刺十倍的次數。來，說說看哥哥違反了幾次吧？」

啪搭、啪搭。

金女雙手握著刀走過來——

在金女本身來到明亮的客廳之前，菜刀的尖端就先從走廊的一片黑暗中探出頭來。

「說說看吧，來呀，說說看呀。」

她大概是打算要往上刺過來吧？在日光燈的照射下，菜刀閃閃發光的銳利尖端——指著我的脖子啊！

距離、大約４ｍ。

以那傢伙的運動神經來看，這已經是殺傷範圍了。

不趕快出手的話——搞不好真的會被她殺了……！

不在腰上的槍套裡，應該是放在背後的沙發上。但是，如果也不在那裡、如果金女事先已經藏起來的話……不行，我沒辦法確定手槍就在那裡，而且轉頭過去確認也太危險了。要是讓她抓到機會的話，搞不好就會刺向我的後腦勺。

（——手槍呢……！）

……既然這樣，能夠立刻拿來對付她的武器，就只有放在口袋裡的蝴蝶刀了。

可是，就算我想把它拔出來——只要我讓她看到那個舉動，她就有可能會飛撲過來。

而且那傢伙在地下品川的時候，只用一把刀就解決了亞莉亞、白雪跟蕾姬。

或許那是因為那把刀有暗藏什麼科學機關，但是就算排除那個因素……她的技術依然是一流的。對現在的我來說……形勢太不利了。

不管我再怎麼拚命，也頂多只能擋下她一刀而已吧？

總之，我必須要說些安撫她的話才行——

「約、約定——我有確實遵守。」

我緩緩往後退……並且嘗試要說服她。

「妳不是也有乖乖遵守嗎？所以說，我們之間什麼問題都沒有啊。快把刀放下。」

我說著，額頭流出冷汗。

「哥哥，**你隱瞞我**。」

踏……

金女拉近了跟我的距離。

「哥哥，你隱瞞了我三次的分量，那我就刺你30刀喔？」

她出現在客廳燈光下的臉——這次是完全沒有表情了。

宛如某種機器般，準備向我攻擊過來。

「住、住手……！」

「我也不想要刺傷心愛的人呀。可是，因為哥哥說謊，是哥哥不對。這是對心愛的人所做的處罰，處罰就、必須要讓對方、感到痛才行……！」

沒、沒轍了，這根本不是可以靠對話懷柔的狀態。她的腦袋已經完全沸騰了。

不過——

這搞不好反而是我唯一的機會也不一定。

那雙像猛獸一樣的眼睛。那是失去理智的人才會有的眼神。

而且還有聽到「呼——、呼——」的亢奮聲音。

當一個人變成那樣的狀態，戰鬥力反而會下降。就算力道強勁，但是攻擊的準確度卻會大幅降低。而且現在金女拿在手上的，並不是正式的武器，而是沒辦法確實緊握在手上的、單純的一把菜刀而已。

所以說——只能碰碰運氣，跟她賭了。

「把刀放下！」

就在大叫威嚇的同時，我從口袋中把蝴蝶刀拔了出來。

鏘——！

迅速將刀刃翻出來，

「——為什麼！」

朝大聲吼叫並飛撲過來的金女——拿在手上要刺過來的菜刀，揮出蝴蝶刀的破刃刀鋒。

鏘——！

刀刃碰撞發出火花——多虧我去年在強襲科反覆做過好幾百次的訓練——我成功用凹字型的破刃刀鋒咬住了菜刀的刀刃。

然後——用力一扭，將她的刀刃折斷。

可是，金女似乎打從一開始就沒有打算要依靠菜刀——

「為什麼哥哥就是不懂！」

——碰！

「呃啊！」

被、被開槍擊中了……！

雖然隔著防彈制服，可是被近距離擊中了。

而且還是擊中前一陣子被金女踢到而一直不太對勁的右膝……！

仔細一看，金女的手上握著我的貝瑞塔。

——原來她一開始就打算讓我將注意力放在菜刀上，然後用手槍封鎖我的行動力啊。

在比我技高一籌的金女眼前，我——「啪！」地仰天倒在地上了。

「我明明什麼事情都告訴哥哥！什麼事情都對哥哥讓步了！可是哥哥你卻這樣！」

金女把手指放在扳機上，對著虛空大吼。

她的雙眼和嘴巴因為過度的亢奮而撐大，看起來隨時都會開槍亂射。

而我則是靠著沒有受傷的左腳與雙手，緊咬著牙根往後方退。

通往房門的走廊已經被金女封鎖了，沒辦法從那邊逃跑。

（往……陽臺……）

就想辦法爬到那裡去，然後鼓起勇氣往下跳吧。逃到海上去。現在就只有這個辦法了。

我為了不要讓金女察覺我的意圖，而利用擺在室內的鏡子確認陽臺的狀況。

卻看到……咻、咻……

在地下品川的影片中看過的——

那塊X字型的飄浮布塊，像竹蜻蜓一樣一面迴轉，一面落下。

那是金女所擁有的攻防一體武裝。

看來她一直都讓那個武器盤旋在男生宿舍上空的樣子。

那塊布……就像是要表示「禁止通行」一樣，停在陽臺外。

金女面對失去退路的我——

「——你以為可以逃得掉嗎？」

瞇起僵直的雙眼，露出笑容。

看起來就像是獵人俯視著受傷的獵物一樣。

「哥哥剛才想要逃跑對不對？真是不聽話的腳呢。哥哥的心明明就是愛著我的，為什麼那雙腳要背叛呢？啊，對了，一定是因為哥哥可以走路所以不對呀。」

金女將裸足的左腳踩到我剛剛被擊中的右膝上。

「哥哥，我全部都看到了喔？風魔陽菜、神崎亞莉亞、還有——這真是太大意了，沒想到L・華生也是女的呀？真不合理。」

「……嗚……！」

這幾天來的記憶湧上我的腦海。

跟風魔碰面時——

隔了一些距離的竹林中，竹子被人又咬又折地破壞得亂七八糟。

在屋頂上被亞莉亞親嘴後——

空調散熱器後面發現的那些寫著「叛徒」的字。

以及從鑰匙孔偷窺我跟華生進行復健訓練的眼睛。

那些全部……

都是金女跟蹤我所留下的痕跡啊……！

（這個……死跟蹤狂……！）

「吶，哥哥，你說我到底該怎麼辦才好呢？乾脆……把哥哥的腳弄壞吧？這樣一來的話，哥哥就會沒辦法走動，就沒辦法離開房間——」

宛如在彈奏鋼琴般，金女用腳趾輕輕撫摸著我的膝蓋。

「對呀，這樣就很合理了。只要讓哥哥一直都躺在那邊的沙發上，吃飯也在那邊吃……生活起居，全部都由我來照顧……」

是、是想要——把我監禁在這裡嗎！

金女竟露出莫名幸福的表情，說著那些可怕的事情。

「然後——使出強硬手段讓哥哥進入爆發模式。好，就這樣吧。這樣做的話，哥哥一定就會明白的。哥哥、會明白的、吧？」

金女將她的左腳緩緩抬高……

打算要往我的右膝踩下去啊！

金女的眼神，看起來不像是踩斷我的右膝就可以善罷甘休，接下來應該會連左膝也踩斷。

「……！」

不妙……！

如果那樣做還是沒辦法讓她消氣的話，搞不好連雙手都會折斷啊。

要是變成那樣，我就真的會名副其實地手足無措了。

因為疼痛而噴出冷汗、完全被逼到絕境的我……

「金女！……我……我知道了！我就、試試看妳所說的事情……！」

一邊用手保護著膝蓋，一邊呻吟大叫。

就連手上的蝴蝶刀也丟到一旁，表示出投降的意思。

「試、試、看……？」

「沒錯，要在什麼時候，對我做什麼事情——我都隨妳高興！我也會接受妳的！」

說實話，儘管對方是個美少女……但是一旦想到那個遊戲包裝上印刷的那些過分刺激的行為，即將在現實中發生在我身上，我就覺得快要昏倒了。

但是，比起被金女監禁在這裡、讓她掌握我的生殺大權，那情況至少還比較好些。

所以說，這邊要讓步才行。

而且，這些話——也包含了可以讓金女以後離開我身邊的可能性。

「哥哥……」

金女聽到我說的話之後——突然露出卸下全身力氣的表情。

她的腳……也沒有踩到我的膝蓋上，而是放回了地板上。

「太好了，哥哥明白了。果然……哥哥是個溫柔的人呢。願意理解我、接受我……愛著我……真是太開心了……」

金女的眼睛凝視著虛空，如此呢喃著——

而我則是用仔細說明般的語氣，追加說道：

「但是——如果我沒辦法因此進入爆發模式的話，妳就放棄吧。妳說過，妳是想要跟我一起進入爆發模式……然後在實戰上應用吧？可是，有失效風險的武器是沒辦法在實戰上利用的。因為萬一失敗的話，會同時威脅到兩個人的性命啊。」

——在我的經驗上，我不會對金女進入爆發模式。

在置物櫃房間中相互觸碰到那樣的程度了，我也依然沒有進入。

所以說……我一定可以撐過去，不管她對我做了什麼事。

這樣一來，金女應該就會離我遠去了吧？

也就是說，為了要讓金女遠離我，我要暫時故意讓她接近。這是一種苦肉計啊。

「這麼說……也對。好呀，我知道了。我會加油的，我會努力讓哥哥進入ＨＳＳ。

讓哥哥進入至今為止從未體驗過的激烈HSS！」

金女大概是已經湧出幹勁了，緊握著拳頭激烈喘氣著。

總覺得，我好像反而讓金女燃起鬥志了──

不過，這也是逼不得已下的緊急手段。

畢竟剛才金女發飆起來的樣子，我根本無從對應啊。

「……」

我擦乾額頭的汗水，將疼痛的右膝拉向我的身體……

「──哥哥。」

這時，金女突然像是換了一張面具般──

露出惹人憐愛的笑容了。

簡直就像是剛才攻擊我的事情根本沒有發生過一樣，釋放出日常生活般的氛圍。

她當場彎下身體，將貝瑞塔放到地板上。

然後，伸出與她的年齡相符的纖細手臂──

「那我們來吃飯吧，咖哩已經煮好了喔。」

很開朗地把我的身體拉了起來。

──金女的操刀術跟軍人或是自衛隊所使用的很像。

也就是說，她擁有的技術是為了殺害對手而存在的。

（萬一，因為某種原因而被她攻擊的話……）

就算金女沒有那種意思，我也依然有可能會被她殺掉啊。

那傢伙似乎發飆起來就會失去理智，很有可能會因此而無法準確攻擊。

順道一提，吃完飯後，金女說了一句「我要趕快復習一下才行」之後，就拿著「妹蘿」窩進小房間裡了。

而我戰戰兢兢了一整晚，可是她卻始終沒有對我出手。

我在睡覺前為了瞭解「妹蘿」究竟是一款怎麼樣的遊戲，而上網搜尋……雖然因為我實在太害怕而沒有把樣品圖像點開來看……不過那當中似乎還有妹妹用手銬銬住哥哥，用鞭子鞭打之類的內容。這是什麼鬼遊戲啊？

金女是用這款遊戲做為參考，而我至今為止似乎一直都很準確地選擇了錯誤的選項。從這一點看來……

我根本就無法預測當她真的要對我做出行動的時候，她究竟會做出什麼事情來。

搞不好跟剛才的事情沒什麼兩樣的狀況正在等著我也不一定。

（必須要趁現在趕快做出行動，確保我自身的安全才行……！）

於是，到了隔天——

週六早上，我趁著金女不注意的時候出門，來到台場的海濱公園。

在前有大海、後有廣闊草地而風景優美的長板凳上……等待某個人。

手上還抱著一束跟我這個人完全不搭的玫瑰花束。

哎呀，因為花的部分有用紙包起來，所以我並不會感到丟臉啦。

……要問到我為什麼會抱著這種東西嘛，這是因為有一些複雜的理由的。

首先，今天的這場會面——

是我為了雇用『**保鑣**』而進行的密會。

金女她並沒有說過『任何人都不准一起住在家裡。』

——『如果是家人的話，就可以一起住。』

她從一開始就是這樣說的。

於是，我就想到了：

只要讓某個擁有高度戰鬥力的同伴成為「家人」，讓對方隨時待機在我房間的話——

就算金女要做出什麼可怕的行為，我也可以讓同伴在我進入悲慘結局前拯救我。

所以我以師團的成員為中心，在腦中列出了擁有高度戰鬥力的人選名單……但是那些人全都是很難設定成我家人的傢伙。

首先，我不管在血統上還是外表上，都是百分之一百的日本人。

所以亞莉亞、理子跟華生在家庭出身上太過勉強；貞德連考慮都不用考慮；蕾姬雖然似乎是源氏的後代，但是她演技太爛了，應該馬上就會露餡；玉藻也很可惜沒有辦法，畢竟我根本就沒有長什麼狐狸耳朵啊。

最後，雀屏中選的就是──

──白雪。

那傢伙跟我一樣，外表上不管左看右看都是個純種的日本人。

又跟我是青梅竹馬，所以只要當作是同父異母的妹妹，她應該就可以跟我配合了吧？

姓氏上的話……對了，就設定成是為了成為巫女而被星伽家收為養女，而現在回到遠山家來的好了。

也就是說，白雪現在就是「遠山白雪」，是家族的一員。

不……我也很清楚這樣的設定依然是極度、非常、超級勉強的……

（……但是現在的狀況也顧不得那麼多了，就強行突破吧……！）

另外──

今天是十一月十四日，正巧是白雪的生日。

雖然我一開始根本就忘記了這件事，不過在今天早上，粉雪從青森的星伽神社寄來了一個漆繪的巨大衣箱。

於是我打了一通電話過去抗議，才知道那是她要送給白雪的生日禮物。而且她還對我說道：『因為姊姊經常不在房間，所以我為了不要給郵局的人添麻煩——而寄到遠山大人的房間了。請代我轉交給姊姊。』完全把我當成跑腿小弟了。所以，我對著她怒吼了一聲『妳也想想對我添的麻煩吧！』之後，就掛斷了電話。

不過，這邊應該要抱著因禍得福的精神……

為了讓白雪願意接受「扮演我的家人」這種無理取鬧的委託——所以我打算幫白雪慶生，以提高她對我的友好程度。畢竟最近因為金女的關係，白雪也對我很冷漠啊。

但是話說回來，我自從幫亞莉亞慶生之後就沒做過這檔事，所以實在沒什麼自信。於是我打了一通電話請教女孩子諮詢協助中心，也就是貞德。而她則是用凜然的聲音給了我『花啊。沒有一個女人收到花會不開心的。這是世界的法則。』這樣的回答。

於是……一大清早就出門的我，來到了學園島上一間我從來就沒有踏進去過的花店，買了一束玫瑰花束。雖然對於花的事情，我只知道菊花或鬱金香之類的，不過因為花店的大姊很有自信地推薦我說：『要送女性禮物的話，就一定要選玫瑰。』……所以我現在就抱著一束大紅色的玫瑰花束，等待著白雪。

就是這麼一回事。

雖然花店的大姊說：『要給對方一個驚喜喔。』然後用大張的包裝紙把花藏起來了，可是我根本不懂要在怎樣的時機下拿出來才算得上是驚喜啊。

哎呀，隨便啦。反正對方是白雪嘛。

不過話說回來，這花束還真大啊。因為我根本不知道送花時的規矩，所以就把我最後僅存的一萬元鈔票給砸下去了……可是這實在有夠重。早知道就只買一半了。

——我一邊如此回想著今天早上發生的事情，一邊摸著我的右膝。

（果然還會痛呢……這搞不好已經傷到韌帶了啊……）

因為被金女開槍擊中的地方我有稍微處理過，所以走路上是沒什麼問題……

但是大概是因為在強襲科學過的固定繃帶包紮法，我只是模糊記得而已，所以現在還是會覺得痛。

（乾脆把固定繃帶拆掉算了。我看還是不要小氣，去給救護科看一看比較好。）

被弄得有點不耐煩的我，把右褲管捲起後，拆掉了固定繃帶。

然後，我摸著膝蓋，坐回長板凳上……

「小、小金，午安。」

這時，看起來莫名緊張的白雪從草皮的方向走過來了。

白雪的視線跟我對上後，露出害羞的微笑……

接著，她走到長板凳旁，稍微用手壓住隨風飄逸的水手服裙子。

「——我在電話中也跟妳說過了，妳應該有確認過沒有被人跟蹤吧？」

「嗯、嗯，我一路上都有確認過。」

白雪對我點點頭，而我也再次確認了一下四周。

畢竟……金女她似乎跟蹤我跟蹤得很積極啊。

這是我在偵探科學到的事情：如果必須要警戒跟蹤者，並且跟其他某個人進行密談的話——最好是先到像這樣可以看清楚周圍的場所會比較好。

因為這種場所沒有什麼可以躲藏的地方，所以可以確認有沒有跟蹤者。

另外，還要考慮到從遠方監視的可能性……

因此，理論上接下來應該要躲到看起來比較安全的室內場所。

「那個……小金說過有重要的話要談，是什麼呢？」

「那不是可以在公園這種地方隨便交談的內容。先移動場所吧。我看看……」

說著，我拿著被包裝紙包起來的花束，環顧四周。

在草皮的另一端……可以看到日航飯店最近新蓋來做為別館的純白色禮拜堂。

好，就到那邊去吧。

就算是金女，也應該不會在那種神聖的場所襲擊人吧？

「就到那邊的教會去吧。」

我站起身子，結果右膝……好痛啊。

果然還是不應該把固定繃帶拆掉的。

不過，也不到沒辦法走路的程度。還是快點走吧。

「好、好的。小金、呃、那個是……？」

白雪看向花束的包裝，聲音已經變得有點在期待什麼事情了呢。

喂喂喂……這感覺不就已經破梗了嗎？而且仔細一看，玫瑰的莖還有點露出來了。花店大姊，拜託妳包裝確實一點行不行？

禮拜堂就跟一般的教會一樣是對外開放的，而裡面並沒有看到任何人影。

自然的光線從天窗透進來，反射在白色的牆壁上，讓室內既明亮、又溫暖，是個讓人感到舒適的空間。

「嘩……好漂亮。真是浪漫呢……」

白雪用陶醉的眼神環顧四周。

雖然我本來在想：讓巫女進到教會有沒有關係啊……不過看來是我杞人憂天了。

大概在白雪的心中，這兩種事情是可以分開來考慮的吧？

畢竟如果她沒有這種想法的話，根本就沒辦法待在那個混沌至極的ＳＳＲ了。

雖然我覺得自己警戒過頭了，不過我還是對於入門口——或者應該說鑰匙孔——有著恐怖的回憶……因此我走向中央走道的前方，來到有金銀燭臺與鮮花裝飾的禮拜堂深處。

而白雪也恭謹地跟在我的身後。

「總覺得，果然跟小金在一起的時候……就會覺得心臟蹦蹦跳呢。」

白雪笑著，將雙手放在臉頰上，全身不停扭動。

蹦蹦跳……？

喔喔，是因為至今為止遇到很多危險的事情啊？

她大概是指只要跟我在一起，就會有需要戰鬥的預感吧？哎呀，這樣想也是沒錯啦，白雪。

「——從今以後，每天都會心臟蹦蹦跳喔。做好心理準備吧。」

「從今以後……每天？……每天？……！那、那是、什麼意思……」

白雪對於我說的「每天」這個詞表現出奇怪的反應，而我則是帶著那樣的她，一階一階地走上階梯——

「……嗚！」

這時，右膝開始發痛了。果然，把固定繃帶拆掉是錯誤的選擇啊。

——無可奈何的我，只好當場跪了下來。

因為覺得快要跌倒了，於是我為了保持平衡而轉身抓住白雪的右手。

雖然已經談不上什麼驚喜不驚喜了，不過花束就現在交給她吧。

我如此想著，而拆開了包裝紙與塑膠布——

拿出包在裡面的大紅色玫瑰花束。

「——小、小金？」

「白雪，祝妳生日快樂啊。還有，我話說在前頭——我接下來要對妳說的話，妳要接受或拒絕都沒有關係喔。」

從天窗灑下來的光線，照耀著因為拿到一大束玫瑰花而一臉驚訝的白雪……還有我。

白雪充滿光澤的黑髮上，可以看到宛如天使光環般的光暈。

「不過，這是我考慮了很久之後所得到的結論。我沒辦法選擇其他人——如果妳拒絕了，我也不會再去拜託其他人。這件事如果不是白雪的話就不行啊。」

膝蓋傳來陣陣劇痛。我看還是快點結束會面，趕快去救護科一趟吧。

開場白就到這邊為止，詳細的內容也等之後再說……

就單刀直入、簡單明瞭地把重點說出來吧。

於是，我維持著跪在地上的姿勢，抬頭看向白雪。

「——白雪，拜託妳成為遠山白雪吧。」

就在我說話的同時——

噹……噹……

教會的鐘聲響起了。大概是整點報時吧？

這真是太剛好了。這樣一來，就算是被人竊聽，鐘聲也可以隱瞞過去啦。

因為這個意想不到的幸運，讓我微微露出笑臉——

而白雪則是把她水汪汪的大眼睛睜得像銅鈴般——

「……好的……！」

咦？

居然二話不說就答應了。

妳就算再怎麼順從我也該有個限度吧？我可是連詳細的內容都沒講喔？

再說……

妳那是什麼表情啊？

——簡直就像是長久以來不斷等待的瞬間終於到來了一樣——

彷彿抱著巨大花束的胸口中，已經被感動填滿了一樣。

「也就是說，從今以後妳就是我的家人了。所以說，拜託妳再次住到我家來吧。我知道在準備上可能會花點時間，不過我會等的。」

「……好的……小金大人……小金、大人……！」

大概是光線很刺眼吧？白雪把頭低了下來，把臉埋到玫瑰花束裡。

「哎呀，我也明白，就算是白雪——也應該很難立刻就跟我過著家人般的生活啦。」

畢竟這是一種混合了護衛跟潛入的任務。

這方面的技能上來說，在偵探科學了半年以上的我應該比較在行吧？

因此，就由我這邊發出指示。而這一點也必須要傳達給她知道才行。

「不過，一切就交給我吧。妳只要乖乖跟我來就行了。」

我忍耐著膝蓋的疼痛，站起身子如此說完後……

「好的……啊啊……小金，謝謝你……我……我從小時候，就一直、一直在等待著這一刻的到來呀……！」

……？

「來得真是太突然了……！這是人生中最重要的、紀念日……！」

白雪……小姐？

白雪抱著玫瑰雙手合掌，就像是在召喚什麼東西般抬頭仰望。

只不過是接受了我的委託……為什麼要那麼開心啊……？

「……小金大人……就讓今天這個日子、永遠、成為國民的紀念日吧。節日、節日、是節日呀……」

搞、搞啥鬼？感覺好像有吹奏小喇叭的天使降臨到白雪周圍了呢。

居然還真的召喚出東西來啦？巫女真是太強了。

我擦一擦眼睛，確定了那只是我的錯覺後，接著開始進行詳細的說明。

「呃——就是說，最近，我的人身安全受到金女……GⅣ的威脅。金女雖然在學校的時候老是裝得一副乖小孩的樣子，但是面對我的時候常常會變得腦袋有點『那個』。從她自稱是我的妹妹這一點就可以知道，說實話，那已經是病態的程度了。」

「節日～」

「喂，妳有沒有在聽啊？」

總覺得，白雪的雙眼根本沒對上焦點啊。

宛如一隻洗了木天蓼浴的貓一樣，已經呈現發呆狀態了。

「喂，仔細聽啊。」

「素滴！」

「從年齡上來看……說得也是，妳就當金女的姊姊吧。畢竟在那傢伙的腦袋中，似乎把自己當成我的妹妹了。所以說，拜託妳們別吵架啊。」

「節日……日……妹、妹妹變多了嚕嗚……！」

「然後——看來在金女的想法中，只要是『家人』就可以住在一起的樣子。所以我要反過來利用這一點，把妳變成我的家人。就拜託妳一直待在我的身邊，然後——喂、喂？白雪？」

昏……昏過去了……！白雪、抱著玫瑰、站著昏過去了。

而且還露出彷彿置身天國般幸福的表情。

雇用這樣的護衛，沒、沒問題嗎？總覺得還沒開始就讓人覺得不安了啊。

不過——除了妳之外，我已經沒有人可以拜託了。這次的事情就請妳多加油啦，白雪。

白雪被我揹著回到武偵高中，來到車站的時候才終於恢復了意識，而且還對我說了『可是小金，我是沒有問題，可是小金在日本的法律上……』這種莫名其妙的話。於是我大吼一聲『現在不要管法律的事情啦』然後強硬地把她拉為我的夥伴了。

在心中對眼前這個依然一臉呆滯的白雪感到一抹不安的我，跟她在公車站道別後——

到救護科治療完膝蓋，大約7點左右回到宿舍。

在男生宿舍的電梯中……我為了要提防金女，將裝滿子彈的貝瑞塔解除安全裝置，並且確認了一下經過重新研磨的蝴蝶刀。

這樣子簡直就像是要踏入什麼暴力團體的集會處啊。明明就只是要回自己房間而已。

「……我回來了。」

喀嚓……我打開房門進入室內……

看到客廳雖然點著燈，可是卻沒見到金女的身影。

又跑到哪裡去了嗎？正當我這麼想的時候，便聽到有聲音從廚房與客廳的方向傳來。

走在走廊上時，我察覺到了不對勁的地方。在木頭地板上可以看到幾滴水滴。

這是什麼？

感到不解的我走進客廳——

結果撞見了同時從廚房走出來的金女。

「……！」

「……」

嘴巴含著冰棒、一臉訝異的金女——

身上穿著線條花紋的內在美，而且……

只有下面、穿著、而已……

這狀況看來，應該是她剛才淋完浴之後——只穿了一條內褲，就用浴巾擦著頭——然後到冰箱拿了冰棒含在嘴裡的樣子。就、就算是在自己家裡，這也未免太奔放了吧？

然後，很不幸地——我剛好就在這時回到家了。

「……抱……抱歉！」

仔細想想，應該是只穿一條內褲就到處走動的人不對，可是我依然慌張地先道歉了。

雖然從金女的脖子上往兩旁垂下來的浴巾，奇蹟似地遮住了她兩邊胸部的前端——

可、可是，她那未成熟的胸部、帶有微小起伏的曲線——被、被我看到啦。

我趕緊將視線往下避開，卻讓內褲的影子飛入了我的眼簾。這條內褲的上下寬度怎麼會窄成那個樣子啊！不、那個、我至少也能明白在人體構造上，女孩子的內褲可以使用比男孩子更少的布料面積，但是這也未免太少了吧。難道這就是聽理子以前提到過的「低腰內褲」嗎？

——撲通……！

在我的體內，似乎開始湧出那股血流了。

喂、喂喂……！喂！

喂！我體內的我啊！為什麼要在這種時候背叛我！

我明明就對你那份面對金女時的堅強防禦力很有信心的說！

不、不管怎麼說，這都太糟了吧！這傢伙是國中生，而且還是被當成妹妹的女孩子啊！而你居然會對她起反應——

雖然我並沒有認為她是妹妹，可是萬一、萬一，她真的是我妹妹——

而我要是對她爆發的話——

那可是我人生中最大級的嚴重問題啊！

上個月才被理子說過『你也越來越不像人類了』的我，這下子在別的意義上要變得不像個人類了啊。而且還是朝著禽獸的方向。

——嘻！

驚慌失措的我，聽到了金女的笑聲。

「……不管你怎麼思考都沒有用的啦，哥哥。頭腦跟身體是分開的呀。」

全身近乎赤裸的金女一步步走過來——

於是我連滾帶爬地逃進寢室，從衣櫥中抽出了一件我自己的襯衫。

「總、總之，快點把這個披上！雖然妳可能因為覺得我是哥哥就不在意，不、就算是那樣，身為一個女孩子，那樣也未免太沒有防備了吧！」

我盡量讓自己不要看向金女的方向，必且將襯衫遞出去後——

——她、拿過去了。

然後，沙、沙、沙。

她似乎願意穿上去了呢。

「……」

我戰戰兢兢地轉回頭……

（嗚……！）

看來我……

又搞砸了啊。太失策了。

金女穿著一件襯衫、下半身只穿了一條條紋內褲的樣子……

總、總覺得反而看起來更煽情了啊。

為什麼！穿著衣服的樣子居然會比沒穿還要煽情，沒這回事吧！

而金女則是更進一步，

「不用再考慮那麼多了喔。所以說，什麼都不用想了，哥哥。」

彷彿要阻擋我的退路般，背對著通往客廳的房門，漸漸向我逼近。

我這時才又注意到了另一項失策：這裡是、寢室。

就算因為衣櫥在寢室的關係，可是現在這狀況根本就是我自投羅網了啊。

——最後，金女終於，砰。

用近乎全裸的狀態，靠到我的胸膛上了。

撐、撐住啊，金次……！

現在可是這輩子最考驗忍耐力的時候啊！

要是在這邊忍不住的話，可是會跟金女雙雙墮入無底深淵之中了啊！

「艾西斯跟歐西里斯是兄妹，伊奘諾尊跟伊奘冉尊也是。在瑞典的婚姻法中，禁止結婚的對象只有旁系二等親而已，所以只要雙親之中有一人不同的兄妹或姊弟，是可以結婚的喔。」

「——妳、你在說什麼啦！」

「哥哥在忍耐對吧？我知道的，從哥哥胸口的脈動……從那股血流的感覺。也就是說——果然，可能性是存在的呢。」

金女用她那雙美麗的眼眸——

「求求你，哥哥——緊緊、抱我……」

筆直地凝視著我、懇求著我。

我、我們這是在做什麼啊？

如果是住在普通家庭的話，就應該會被雙親發現兄妹之間可疑的舉動而提出嚴重警告……可是在這家中，只有我跟金女兩人獨處。沒有人會來遏止這個行為……

不，我想起來了。

我不就是為了這樣的情況，所以剛剛才去雇用了保鑣嗎？

「——金女！今天開始，這個家裡會有一個跟我同、同父異母的妹妹要住進來了啊。」

「咦！那種事——」

「妳是因為我們是家人所以住到這個家裡來的吧？所以既然有另一個家人也要住進來，妳就要接受。自己說過的規矩自己要遵守啊，知道了嗎！」

我靠著一股氣勢全說出來了，不過，這種話、她會信嗎……？

雖然我內心感到戰戰兢兢的——但是，金女卻沒有將我說的話一笑置之。

看來她還是依然很真摯地相信著我所說的話呢。

然後，她做出陷入沉思的舉動後——

輕輕地點了一下頭。

「——那就要加快腳步才行了。現在就做吧。」

「什麼？」

就在我提出疑問的同時——碰。

金女將我的衣袖微微拉向衣櫥的方向。

於是我本能性地想要抵抗那個動作——而當我因此而移動重心，將身體移向側面時——

抓！

彷彿在施展柔道招式般，金女抓住我的領帶與外套，將我又拉向另一個方向。

用自己的身體將我拉扯過去，然後背對著床鋪倒了下去。

「……！」

金女躺到床上──

而我這才發現自己全身壓在她那奢華的身體上。

剛才那招拉人技巧也實在是太高竿了。

「……」

狀況看起來就像是我把金女壓倒在床上一樣──

而金女則是維持著仰天躺下的姿勢，凝視她頭上的我。

來、來了，**那時刻**終於到來了。

「哥哥，在事情還沒覆水難收之前，我跟你說實話喔。可是，請你聽過就把它忘掉，不要跟任何人說。因為這段發言……雖然是發自我的真心，可是說出口的話是嚴重違反規定的。」

她的眼神流露出至今從未見過的認真態度……

「什、什麼事？」

「我呀，其實……根本就不在意作戰什麼的。我只是一直以來……都很想跟哥哥變成這樣而已。如果那個願望可以實現的話……其實，只要這樣就夠了。因為，哥哥是──我的初戀對象……也是我這段短暫的人生中，最後的一個人──」

金女深海色的眼眸搖曳著……

彷彿是要沉入深邃的大海之前，在水面上對我訴說最後的思念般。

「金女……」

妳……

為什麼要露出那麼悲傷的眼神？

妳究竟是為了什麼事情——

為什麼如此年幼、如此可愛的妳——

要這樣哭泣啊？而且還拚命強裝出笑臉。

「哥哥。」

被金女纖細的手臂擁抱著——

——我**終於知道了**。

漸漸切換為爆發模式的頭腦，終於知道了有關金女的事情。

金女她——一定——

「哥……哥……」

金女輕輕將眼睛闔上。

彷彿是在自己的心中要跨越某一條界線般，深呼吸一口。

「啊啊，我已經、不會讓哥哥回頭了。我也已經、無法回頭了。只要現在這一刻就好，請你把我當成一個女人對待……！」

她再度把那雙充滿強韌意志的眼睛睜開。

而就在那一瞬間，我從那雙眼眸中，感覺到她把小孩子般的外殼脫掉了。

金女她，應該是下定了決心吧？只有在現在此刻——她既不是人工天才，也不是妹妹，而是做好了以一名少女的心情對待我的覺悟。將所有的思慮都丟到一旁，跨越至今為止的關係……

為了理解彼此的一切，而冀求著我。

而我則是——

在理解了我剛才所想像的事情後，依然說出像是要接受她那份想法的話。

「……妳似乎在緊張呢。」

我靠著已經踏入一半的爆發模式，對著金女小聲呢喃。

「當然、會緊張呀。可是，不要在意。哥哥，抱我。」

「——既然這樣，那就讓自己放鬆力氣吧。身心都如此僵硬的話，可就什麼事都不能做了喔？」

我將手肘撐在床上，將自己的臉貼近金女，然後用手撫摸著她的臉頰與秀髮。

接著，回想起金女曾經說過她喜歡我外表的事情——

於是用雙手扶住她的耳邊，讓她面向我的方向。

「啊……啊……」

金女從我的舉動中——似乎產生了我終於也有那個意思的錯覺，而發出又羞又喜的聲音。

「啊啊……哥哥、哥哥、只看著我呀……哥哥的一切、都近在眼前……」

金女纖細的雙手繞到了我的背後。

深海色的眼眸宛如充滿感動般溼潤著。

「這……這是、什麼？這、感覺……！身體的中心、中央、芯蕊……肚子的深處、緊緊縮起來了。好可怕……好可怕呀……」

終於、開始了。金女有生以來、第一次的爆發模式。

我在至近距離下，看著金女不斷顫抖著身體——

並且思考著接下來即將發生的事情。

金女一直以來都期望著、夢想著，藉由我讓自己進入爆發模式。

而那份夢想，現在終於要實現了。

恐怕——是以金女**從未預想過的方式**。

如果我的猜想沒有錯的話，當金女的夢想實現時——

她應該會感到非常傷心吧？

甚至有可能……在事後會想要把自己從這世上消除。

若是如此，那麼在這間寢室中存在著武器類的東西就太危險了。雖然這想法可能有點過度保護啦。

我想到這一點，於是將手伸向我的腰際上、剛剛解除了安全裝置的貝瑞塔。

而剛好……我的手指……

隨著我的動作，從金女白皙的雙肩、擁有圓滑曲線的身體、以及腰部……

一路撫摸了下去。

大概是因為這個動作讓金女誤會了，於是她垂下了眉梢，露出交雜著期待與不安的表情。

當我的手指緩緩地、緩緩地——

往下伸到金女腰骨附近時。

「——啊……！」

金女原本溼潤而半瞇起來的雙眼，驚嚇地睜大了起來。

接著——

「……嗚……嗚！」

突然將剛才還抱在我背後的雙手，繞回來放在我的胸膛上。

——沒錯，就向我剛才預想的一樣。

她將手放在我的胸口上……

做出**拒絕**的動作了。

「啊……不行……不、不行……」

「……」

我為了確認我自己的想法……而稍微將身體往下沉——

「不、不行！——兄妹之間，不可以……做這種事……！」

……滴答……滴答滴答……

金女說著跟她至今為止說過的話互相矛盾的臺詞——

做出至今為止最嬌羞可憐、惹人憐愛的動作，並且從溼潤的雙眼中溢出了淚水。

想要把我推開的力道……非常微弱。

她現在只能做出像小動物般柔弱的抵抗，彷彿只要我稍微再出一點力氣就能輕易征服一樣。緊貼在我腳上的膝蓋也顫抖得讓人感到可憐，還本能性地向內縮了起來。

她在……害怕。

這……不是演技。演技是沒辦法做到這種地步的。

金女她，**產生變化了**。

（果然……）

我將上半身撐起來後，金女通紅著臉，一邊用雙手擦拭著自己的眼睛……

一邊繼續啜泣著。

顫抖著、害怕著，就像是要勾引男人的征服慾望般——表現出異常可愛的感覺。

比起之前的金女，現在的她……更加充滿魅力而讓人瘋狂。

如果是普通的男人看到這一幕，應該會變得腦子裡只剩下金女的事情了吧？

不過——

「……把衣服穿上吧，金女。」

我坐起了身體，整理起自己的衣襟。

姑且先不考慮『金女究竟是不是我的妹妹？』這個問題——

不過至少有一件事情我知道了。

就是因為知道了，所以我才有辦法為了不要傷害到她而克制了自己的行動。

金女的這個現象——是**爆發模式**。

——的**女版**。

只要拿我自己的爆發模式來推敲，就可以清楚了解了。

雖然說起來很丟臉，不過，當我進入爆發模式後，就會扮演一個『對女性而言很有魅力的男性』。會**保護**女性、而且言行舉止總是會觸動女性的心弦。

從這一點反過來推想的話——女版的爆發模式恐怕就是會讓身心產生完全相反的變化。會變成讓男性**忍不住想要保護**的女性、做出觸動男性心弦的舉動。

……就像、現在的金女一樣。

（想必、不只是這樣而已……）

金女微微顫抖著、將上半身坐起來，然後用淚汪汪的眼睛**柔弱地**看著我——

我發現在同樣的推論下，也可以解釋她身上發生的另一種變化。

在爆發模式下的男性——**會讓自己變強**。會讓中樞神經系統亢奮、毫無保留地發揮出自己的潛在能力。會為了女性而戰鬥。

但是，從金女的狀況看來，恐怕……女版的爆發模式，**會讓自己變弱**。

這是一種會讓男性感到「必須要為這個女的戰鬥」，進而讓女性自己被保護的一種變化。

藉由爆發模式，男性會戰鬥，而女性會受到保護。

而最後的結果就是：男性會打倒外來的敵人，而女性則毫髮無傷地活下來。

這個結論……如果考慮到這個體質本來就是為了「繁衍子孫」而存在的話，也是很合理的解釋吧？

我起身走出寢室，並且在心中呢喃——

——金女。

看來，妳似乎失敗了呢。

就算讓擁有爆發模式能力的男女湊在一起，也不會因此產生兩個超人。

會變強的，就只有男性而已。

妳之前所提過的那個「雙極兄妹」什麼的……只不過是**紙上談兵**罷了啊。

我果然是對金女比較難進入爆發模式的樣子——因此我很快就恢復原狀了。

而金女那邊，雖然可以聽到她的啜泣聲，可是她遲遲不願從寢室中走出來。

「……」

我感到有些擔心而望向寢室，便看到了房門被打開了一道門縫。

那種留了一道縫的技巧也很高竿，不但會讓人覺得可以輕易進入房內，而且每次走過門前都會忍不住去注意門縫。

從那道門縫中……可以隱隱約約看到金女坐在床鋪上、抱著雙腳泗泗啜泣的樣子。

這又是一種會讓男性感到無法放著她不管的景象。

金女應該不是自己刻意要做出這些演出，而是因為爆發模式下的本能所表現出來的行為吧？

（積極強硬地引誘對方……而到了緊要關頭時又變得柔弱而任人擺布啊。）

雖然我也沒資格說別人，不過女版爆發模式的系統也真是罪孽深重呢。

如果是被某個不知道爆發模式原理的男性看到這一幕的話，應該就會覺得金女很可憐……會不忍心放著她不管，於是就走進寢室裡了吧？然後就在安慰她的過程中，不知不覺之間——讓事情演變到不可收拾的地步。

平常的金女、發飆起來像是變了一個人的金女、以及爆發模式下的金女。

簡直就像是雙重……不、三重人格呢。

她的身體中，居然有多達三種人格頻道啊？

雖然這感覺或許跟「同病相憐」有些不同……

不過對於同樣擁有爆發模式能力的我來說，很能夠理解那份苦惱啊。

然後——到了晚上九點左右，金女才終於從寢室走出來了。

她換穿了我幫她放在門前的水手服後……不發一語。

看來她果然因為知道了自己爆發模式的真相而受到不小衝擊，雙眼失去光采，甚至感覺有些無神……

不過，她的爆發模式看起來已經解除了。

也許女性的爆發模式持續的時間會比男性來得久吧？

或者說，有可能是那個結束的方式很曖昧不明也不一定。

「……妳餓了吧？」

我對她搭話後——

她維持著沮喪的表情，看也沒看我一眼……

輕輕點了一下頭。

「吃吧。雖然這是妳做的咖哩，我這樣說也很奇怪啦。」

我盡可能溫柔地對她說完後，走進廚房裡。

將重新加溫的咖哩裝到餐盤上，然後兩個人坐到餐桌上……

默默地吃著咖哩。

金女大概依然還感到很混亂吧？我看現在還是讓她自己一個人靜一靜比較好。畢竟這氣氛感覺也不是可以跟她說話的狀況，而且我也沒有要對她剛才強硬地把我拉到床上的事情說教的打算。

像這種時候，是不能無視她的。

至少，像現在這樣……對於她那種對吃飯時間或是日常生活感到憧憬的部分，我可以陪陪她。

然後，慢慢等她自己願意開口吧。

（……）

總覺得，這情景會讓我忍不住回想起我在小學的時候，因為一件雞毛蒜皮的事情跟附近的小孩大吵一架……一陣拳打腳踢……而自己也深深反省之後，沮喪地回到家裡時的事情呢。

那時候，大哥就是像這樣——

跟看都不看他一眼、一直沉默不語的我一起吃著晚餐，卻沒有問我任何細節的事情，只是讓我一如往常地過著日常的生活。

光是這樣的行為……就能夠讓我感到非常安心。

讓我知道我還有個家、有可以回去的地方。

家裡有大哥，會像這樣用親情包容我的一切。

只要想到這邊，我就會忍不住流出眼淚……真的會感到非常安心。

我陪著金女默默地繼續吃著咖哩──

心中回想著──

我記得，那時候跟大哥吃的，也是咖哩呢。

Go For The Next! 臨時姊妹

隔天早上，因為從窗戶透進來的陽光一閃一閃地閃爍的關係——讓我很早就醒過來了。

揉一揉眼睛，穿上襯衫與褲子後，來到客廳——

便看到穿著制服的金女站在陽臺上。

另外還有幾隻白色的海鷗聚集在她身邊，而金女並不是在餵牠們飼料——而是在跟那些鳥兒嬉戲。

蔚藍的天空與大海。純白的雲朵與鳥兒。

以及——在早晨的陽光中綻放微笑的美麗少女。

……真是如詩如畫的一幕啊。她的樣子閃耀動人，讓我都看得入迷了。

「早安，金女。」

我走出陽臺後——

金女對著那些因為看到我而準備飛走的海鷗們溫柔地呢喃。

「沒關係，這個人不可怕的。」

海鷗們彷彿是聽懂了她所說的話，而繼續留在陽臺上了。

「……妳可以跟鳥類對話啊？」

「不是啦，這只是一種感覺。」

背對著海浪的聲音，金女露出苦笑轉頭看向我——看來，她已經鎮定下來了。

就這樣，我們沐浴著早晨的陽光。

「我以為——哥哥在個性上不太會拒絕人的，沒想到其實很有主見呢。」

「……妳在說什麼？」

「其實，昨天的事情，我從途中開始就沒有什麼記憶了——不過，哥哥好像什麼事情都沒有對我做的樣子。我檢查了一下自己的身體……所以馬上就知道了。」

她不記得昨天的事情啊？

金女轉頭看到我露出疑惑的表情。

「——當進入爆發模式的時候，大腦皮質會像雙重人格一樣被切換掉。雖然那程度因人而異，不過似乎我的情況是會完全被切換的樣子。」

聽到她這麼說……讓我聯想到了大哥。

大哥進入爆發模式的時候，會完全變成加奈的人格。當他在那種情況的時候，就算我叫他「大哥」，他也不會理解我是在叫他。

看來，金女的爆發模式也有類似的情況。

不過……大哥在大哥的狀態時，會清楚地記得自己是加奈時的記憶。所以如果我跟他提起加奈的事情，他就會滿臉通紅地狠狠揍我一頓。

可是金女似乎連那樣的記憶都很模糊的樣子，感覺比大哥的情況還要不方便啊。

「……哥哥，對不起。」

金女一臉害臊地凝視大海，而她那雙深海色的眼眸——

流露出一種已經放棄一切的眼神。

「你一定覺得很噁心吧？像我這樣的人突然出現在眼前——然後一直對自己說喜歡、喜歡的。」

——她美麗的臉龐，露出像是在自嘲般的微笑。

「昨天，我進入了有生以來第一次的HSS……光是那短短幾十分鐘，我的頭腦就像是思考了好幾年的時間一樣。而就在我思考著有關哥哥的事情時，終於明白了。我這個女孩子……其實根本就不被哥哥需要……」

「金女……」

「我呀，對於戀愛這種事……根本就不知道該怎麼做才好。所以才會想著……只要把其他女孩子都趕得遠遠地，然後自己獨占對方的話，對方就會愛我。只要我變成能夠自由自在地使用HSS的士兵、能夠在GⅢ手下完成我的『責任』——我就可以不用回去洛斯阿拉莫斯了……所以才會那麼拚命的。」

——洛斯阿拉莫斯——

是華生之前提過的……

GⅢ以及GⅣ——金女他們出生成長的研究所。

「『洛斯阿拉莫斯菁英計畫』……哥哥知道嗎？」

「多少知道一點，畢竟我也調查了一下有關妳的事情。就是用科學方法培育天才的計畫對吧？我記得，那好像叫人工天才……」

「那只是表面上的名稱。其實洛斯阿拉莫斯真正想創造出來的是——『人間兵器』——最新的終極兵器之一。」

「……終極兵器……？」

「擁有超人般戰鬥力的人類、一個人就可以對抗一個大隊的人類。創造出好幾個這樣的人類，然後派遣到敵國——讓他們到死為止都不斷反覆地進行破壞工作、殺害要人、毀滅那個國家。所謂的『人工天才』，其實就是那種活生生的兵器罷了。」

毀滅、國家……？美國佬，您瘋了嗎？

我是知道您真的很喜歡戰爭啦。

可是，根據華生所說過的話——像GⅢ那種被評價為R級的武偵，是只要認真起來就足以憑一己之力毀滅一個小國的怪物啊。

要是真的把他量產出一〇〇人、一〇〇〇人，那就真的可以毀掉一個大國了。

那想必就是美國風格的新型集團自殺攻擊的戰術吧？

「核武器縮減計畫以及軍備費用的吃緊——像這樣的政治性因素促使下，讓美國到處盛行著各種新兵器的開發。光是研究機關就多達九十二個，而洛斯阿拉莫斯菁英計畫只不過是其中之一罷了。」

金女輕輕用腳懸空踢了一下，繼續說道：

「而我是那個機關利用基因改造創造出來的『G』系列第Ⅳ號……是兵器、產品。從我懂事的時候，手上就已經握著小刀了。訓練的內容甚至會讓人覺得戰爭電影只不過是騙小孩的玩意，而那樣的日子對我來說就是我的日常生活。許多不被允許使用在『人類』身上的事情，就像對待『東西』一樣不斷進行著。每天、每天——」

我的腦海中閃過以前在車輛科立體停車場前發生槍枝走火事件時，金女對我說過的話……

『像這種衝擊訓練我已經做過好幾百次了。』

「妳是從那種地方……逃出來的嗎？」

「是Ⅲ讓我逃出來的，跟著其他的人工天才一起。逃出來的人工天才都被當成是開發失敗的故障品……必須要在研究所外頭『廢棄』，或是帶回研究所進行『修理』。」

廢棄、修理……

這些平常不會用在人類身上的詞彙，讓我的眉頭皺了起來。

「我們以Ⅲ為中心不斷奮戰，而活了下來。我因為還是開發途中的素體，所以沒幫上什麼忙。不過因為我擁有可以靠ＨＳＳ變強的可能性——擁有可以成為一名士兵的可能性，所以Ⅲ才沒有拋棄我的。」

「ＨＳＳ……爆發模式啊……」

「我一直希望自己能夠學會如何使用藏在自己基因裡面的ＨＳＳ能力——並且發揮它的價值。要不然，對Ⅲ來說我毫無價值。沒有價值的人，就沒有辦法待在他的手下。因為那就是Ⅲ的規矩。」

「……」

「我已經知道太多關於Ⅲ的事情，所以，如果讓他知道我是沒有價值的存在……他就會殺了我。而我……也會接受這樣的結果。我絕對不會違逆比自己強的人，因為那樣太不合理了。」

「ＧⅢ他……在地下品川的時候，可是表現得一副自己是武偵的樣子喔？而且也說過自己不會殺人。」

聽到我說的話，金女輕輕笑了一聲。

「——我不是人類呀。而且就算他不殺我……如果我被Ⅲ拋棄的話……我一個人沒辦法擺脫美國派遣的追蹤者。最後只能回到研究所，然後被『修理』……我一直都害怕發生這樣的事。可是……」

說到這邊，金女又露出像是在嘲笑自己般的微笑。

「可是，我根本沒有變強。哥哥昨天也看到了吧？我的ＨＳＳ是『會變弱的』ＨＳＳ……這對一個以ＨＳＳ為目的而創造出來的人工天才來說，是個失敗作呀。所以說，無從修理，只能被『廢棄』了吧？」

「廢棄……妳剛才也提過這個詞，那是……」

「——就是被殺掉。要省錢的話，就是用毒氣瓦斯或什麼的吧？」

「喂、喂……」

「不要露出那種表情嘛。這是命運呀。」

看到眼前這個彷彿在嘲笑著四面楚歌的自己，而勉強露出笑臉眺望大海的金女——

——我……

感到一種火冒三丈的感覺。

雖然也覺得她很可憐。

但是——火大的感覺卻更勝於同情。

以前教務科的綴也說過，我的個性上有一種跟其他人保持距離的傾向。所以，我本來應該不是會為了他人的事情而生氣的類型。

可是……當我面對金女的時候，就會變得如此激動。

因為，這感覺就像是看到我自己一樣——

為了被稱為「爆發模式」的這種能力，而不得不持續戰鬥的自己。

「金女。」

金女聽到我帶著那樣的感情呼喚她，於是轉過頭來。

「妳以前——被我取了名字的時候，不是高興得哭出來了嗎？那不就是因為妳覺得自己並不是什麼人間兵器的關係嗎？」

「那是因為我希望自己不要那麼想的關係，希望能夠依賴那份幻想的關係。可是，真正的我其實是在研究機關中出生、命中注定要被軍事利用的……」

「在哪裡出生根本就沒有關係！那種小事不可能決定一個人的命運啊！」

現在的我並不是在爆發模式下。

所以沒辦法對女性用溫柔體貼的語氣說話。

不過，我覺得——

現在這樣剛好。

所以，我要把我心中所想的事情，毫無掩飾地直接說出來。

「所謂的人類……就是能夠靠自己的力量去改變那種狗屁命運的存在啊！從妳剛剛說的話聽起來——又是研究機關怎麼樣的、又是想要幫上Ⅲ的忙什麼的——根本就是把自己的生死全部委託給其他人了不是嗎！妳的外表……怎麼說、很惹人喜歡、頭腦又好、運動神經也超乎常人。像妳這樣優秀的人，根本就不需要GⅢ幫忙，自己就可以活下去了吧！」

「我一個人是不行的啦。既沒有國籍也沒有人權的我，就是需要有人保護呀。想要被人保護的話，就必須要**讓對方認同我的存在價值**才行。唯一認同我的人——就只有Ⅲ而已呀。雖然，我已經知道我連那份價值都沒有了……」

「——妳根本就把全部的順序都搞錯了！」

我的口氣莫名地變成跟在責罵我時的大哥一樣，對著金女怒吼。

「搞錯……？」

「在想要被別人認同之前，應該要自己先認同自己才行啊！身為一個人，不要搞錯這一點了。而且……我也認同妳啊。我剛剛不是也說過了嗎？像是頭腦很好啦、運動神經不錯啦，那些話不是在跟妳客套，是我真心那樣覺得。」

聽到我這麼說完後，金女圓滾滾的眼睛……

微微睜大了。

「——我想妳應該也知道，我有命令學妹去調查妳的事情。所以我很明白——妳是個優秀的人。不只是在一年級之間受到歡迎，甚至連二年級之間也都說我跟妳是一對『賢妹愚兄』啊。」

我不小心把自己因為跟金女之間的事情而被別人稱呼的不名譽稱號說出口——

於是稍微咳嗽了一下後，繼續說道。

「……雖然有個人可以依靠是好事，可是那並不是必要的事情啊。那種想法根本就是『依賴』了。不管是誰，都會遇上必須要自己一個人走下去的時候，而對妳來說——現在就是那樣的時候啊。」

我一邊說著，一邊因為她這種「讓人放不下」的感覺……讓我回想起蕾姬的事情。

哎呀，我想就算是金女自己也應該是無意識中表現出來的吧……不過，包括過去曾經讓我一時大意而踏入危險領域女孩子——亞莉亞、白雪與理子在內，沒想到她現在居然連蕾姬的特徵都學到了。這女孩到底是要刺激我的弱點到什麼地步才甘心啊？

「我想，哥哥說的話應該是對的。可是——」

金女彷彿在點頭般低下頭，小聲呢喃後——

身體微微地開始顫抖了。

就好像沒有可以回去的家，也沒有可以依靠的人，一個可憐的孤兒。

海鷗們也像是在擔心金女般看著她。

「……我已經、搞不懂了。如果離開了Ⅲ，我到底應該往哪裡去才好……？我是為了什麼被生出來的？我到底、是誰……？」

金女用她雪白的手指遮住自己的臉……

……嗚……嗚，哭了出來。

符合她的年紀，就像個國中小女生一樣。

啊——……

這傢伙真的是個愛哭鬼呢。

不，應該是讓她哭出來的我不對吧？面對一個年紀比我小的女孩子，我或許話說得過重了些。我對待女孩子的手法真的是有夠差勁的。

……就在我如此想著而搔著後腦袋的時候……

從金女遮著臉的指縫間，看到她翻起眼珠子看著我。

「……」

我因為她那個動作，多多少少心靈相通地理解了她想說的話……

唉……真沒轍。

畢竟我已經讓她哭過好幾次了。

就當作是賠罪吧。賠罪這種小事我至少也可以做得到，而且身為一個人，這麼做也是應該的吧？

「在妳得出答案之前，就繼續待在這裡吧。」

雖然我覺得我會說出這種話多少有點被狀況牽著鼻子走——

不過，我就是對在哭泣的女孩子很沒轍啊。這麼說來，亞莉亞那時候也是一樣呢。

這些日子來，我從金女身上再次學到了。我面對女孩子有三個弱點……眼淚、香氣、還有……還有什麼？……喔喔，大腿啦。以後要多加注意才行。

正當我這樣想著的時候——

「哥哥——哥哥……！」

金女忽然抱了過來。

雖然這姿勢跟以前在置物櫃房的情況一樣——不過她跟那時候不一樣——

而是變得像個純真無邪、不懂一切汙穢事物的少女般。

面對她那樣的純真……我對於腦袋中想著香氣啦、大腿之類有點變態的事情的我，不禁感到可恥得臉紅起來。

「妳、妳爆發模式的事情，我不會對任何人說的。再說，我自己本來就對別人隱瞞著有關爆發模式的事情啊。所以說，昨天那件事情是我跟妳之間的祕密，知道了嗎？」

「哥哥、跟我之間的、祕密……」

金女莫名開心地重複了我說的話之後，「嗯、嗯」地點著頭，卻不願把埋在我胸口的臉移開。

她似乎很喜歡這種抱在一起的姿勢……她好像叫這個作「抱抱」是吧？

就在我「砰砰」地輕輕拍著這次是因為喜極而泣的愛哭鬼金女的背，想要讓她平靜下來的時候——

「……哥哥……果然、是個溫柔的人。哥哥、就只有哥哥、不會否定我的存在……

我、我……」

金女用感動至極的表情抬頭看向我，而看到我的臉頰有點微紅……

……嘩……

結果她自己也臉紅起來了。

……不妙。

這狀況看起來，應該是這傢伙心中的那個啥米碗糕鈕被打開的訊號啊。

「——哥哥……」

「幹麼啦？快點放開我吧，我們回房間去吃早餐——」

「我知道——我只是單相思而已。可是，求求你，只要讓我再說一次就好、讓我再做一次就好。」

來啦。這就是金女大人最拿手的話術。

這傢伙說的「只要一次」都是很危險的。

雖然我不知道她到底是想說什麼、想做什麼，不過還是快點結束對話比較好吧？我這樣想著，於是正要對她說「那就快點——」的時候，金女就打斷了我的話，

「——我真的、真的、很喜歡哥哥喔？」

她說完後……微微將臉蛋往旁邊傾，讓鼻子跟鼻子不要相撞——

然後，跟亞莉亞一樣伸直背脊，不過動作比亞莉亞來得自然——

又對我——親嘴了。

「……！」

因為那氣氛感覺很難立刻把她推開，於是我等了幾秒之後——

放開嘴唇，像是在宣言說『好，結束。』一樣用手摀住嘴。

看到我這個動作，金女說著「哥哥臉好紅喔，好可愛！」然後笑了……

大概是對這兩個打情罵俏的傢伙看不下去了吧……海鷗們紛紛飛向早晨的天空中。

牠們振翅的聲音宛如拍手聲般，雪白的羽毛也在空中飛舞。

（啊啊……果然，這次也是……）

我發現我並沒有進入爆發模式。

雖然我看來並不是對金女絕對不會進入……

不過，很難進入。比起任何女孩子都要難以進入。明明就是個如此惹人憐愛的女孩子。

而金女也是，她看起來並沒有進入。大概是如果沒有達到某個程度的話，就不會進入的樣子。

我們的這個現象——到底又是怎麼回事？

正當我因為我們之間依然留下的這個謎團而陷入沉思的時候，我的思考——

喀嚓喀嚓喀嚓！

被一陣大型鐵具靠著彈簧機關而一口氣組裝起來的激烈金屬聲給中斷了。

「竟、竟竟竟竟、竟然不只一次，還敢來第二次次次次次次次——！」

——轟轟轟轟轟轟轟轟轟轟轟轟轟轟——！

一陣猛牛抓狂般的聲音，像火災警報器一樣響徹四周。

神祕的熱風從室內吹向陽臺的錯覺往我的身上襲來。

「…………嗚！」

我、我居然忘記啦……！

或者應該說是我自己叫來的，可是因為金女的關係，我居然這麼快就忘記了！

忘記了在我身邊，還有一個——跟金女一樣，發起飆來就會變了一個人的傢伙啊！

我就像是沒了油的機器人般，緩緩轉頭看向聲音的來源。果然，不出所料，

「……白、白雪……！」

露出如羅煞般可怕表情的白雪，就站在客廳裡。

跟、跟我之前叫到台場的是完全不同的一個人。也就是說，是黑雪那邊。

雖然她全身散發出來的渾黑氣勢就已經夠嚇人了……

可是身穿水手服的白雪只用一隻右手就舉起來、瞄準金女、順便瞄準被金女抱住的我的——M60泛用機關槍更嚇人啊！

「居然跟小金大人、兩次！比我還多！讓人羨慕可恥！」

唰！從架在白雪腰上的機關槍填彈口旁，唰啦啦啦啦啦——！

一發發用金屬帶連結起來的 7.62mm NATO 彈，像書卷一樣被展開來。

帶狀的子彈行列經由為了防止卡彈而水平地扶在一旁的白雪的手——一路延伸到她的腳邊、在地上繞了好幾圈後、又沿著她純白的襪子往上延伸……直到她的裙子裡。

妳、妳到底是有幾發、不、幾百發子彈啊！

（——！）

這時，我察覺到——

從我的身旁開始湧出了——

第三股渾黑的氣勢。

「……喂，裝清純。」

抱著我的金女，用眼睛狠狠瞪向白雪。

那眼神銳利得就跟小刀一樣。

「妳是想要把哥哥從我身旁搶走對吧？」

這、這、這邊也——**變身啦**！

這是那個拿著菜刀亂揮的恐怖金女啊……！

也就是她三個人格頻道中的頻道2、是最可怕的金女大人啊。

「——那是我才要說的話！就算妳是我的妹妹，但是只要犯了違反家庭風紀的行為就是要嚴重處罰！處罰！要處罰呀！」

不過——白雪就算在如此混亂的情況下，依然還是像個武偵的樣子啊。

從她這句話聽起來，她似乎一如我的委託，願意扮演我的「另一個妹妹」呢。

「不要妨礙我跟哥哥！姊姊給我滾出這個家！」

像是要保護我一樣擋在我面前的金女，用力甩動她的妹妹頭。

這時我忽然看到一個奇怪的影子，於是轉過頭去——

竟然看到一塊X型的布……那個邊緣可以當刀刃的防彈盾牌就在我們的身後飛舞著！

總、總覺得我的家好像要引發家族戰爭了啊。

——唔唔唔唔唔……！

白雪與金女的這對臨時姊妹，都露出火冒三丈的表情互相瞪著對方。

「姊姊，妳明明就輸過我一次了，難道妳以為可以打得贏我嗎？太不合理了。」

「金女，看來妳有必要再教育一番呢。每天晚上都至少應該要測定一次璃璃粒子的濃度喔。」

「因為晚上哥哥大人不讓我睡覺嘛～」

金女露出惡魔般的笑臉，並且模仿白雪用雙重接尾詞稱呼我。（註10）

「妳說……什麼……？斯……C……斯啊————！」

隨著謎樣的尖叫聲，不停抖動著M60槍口的白雪——

彷彿是讓自己體內的某種東西覺醒了一樣，「啪！」地用力撐開雙眼。超可怕的！

而她那櫻紅色的嘴脣也像是抽筋了一樣不斷一張一合……啊啊，早知道就不要去讀脣了。白雪小姐在碎碎念著「殺‧了‧妳」啊，雖然因為怒上心頭而發不出聲音啦。

「金女！人世之中，兄、兄妹之間存在著可以做的事情跟不可以做的事情呀！又、又、又不是路邊的貓狗！」

在別人家中揮舞機關槍就是可以做的事情嗎，白雪！

「決——決鬥！只要決鬥的話，就算發生意外死亡也很正常！重要的是，為了確保遠山家的安定、繼而保障日之本的和平，這場決鬥是無可避免的呀！」

白雪握住子彈輸送帶、從口中噴出火焰般大叫——

「金、金金金金、金女！我要對妳提出決鬥！做為小金大人的**未婚妻**，我要對妳提出決鬥————！」

欸……？

註10　這邊的「哥哥大人」在原文中為「お兄ちゃん様」，跟白雪的「小金大人（キンちゃん様）」一樣是「ちゃん」＋「様」的雙重接尾詞。

（未、未婚妻……？）

那、那個，白雪小姐，我是很感謝您願意接受我的委託，扮演我的家人啦……

可是，那個——**妳的設定會不會改太多了啊！**

Go For The Next!!!

後記

感謝各位對動畫版「緋彈的亞莉亞」的好評！我是赤松。

但是！在拍攝換衣畫面等等橋段時——被稱作「Skyfish」的發光未知生物（UMA）居然飛過了鏡頭前，讓電視上一些好料畫面沒辦法看清楚……

對於有這類遺憾的您要注意了！

其實——亞莉亞的動畫也會推出BD（藍光光碟）&DVD版喔！

在這些版本中，那些Skyfish全部都被特殊搜查研究科（SSR）的UMA狩獵隊驅趕了，因此畫面變得非常清晰呢！

請將這些光碟時時放在身邊，多看幾次那些又可愛又帥氣的畫面——讓自己的超能力覺醒，隨時都可以在腦內再生畫面吧！這才是亞莉亞充啊！

而那些豎起大拇指高呼：「我早就已經是亞莉亞充了！」的各位。

請問您知道「AA」這個在亞莉亞最新情報中務必須要注意的關鍵字嗎？

事實上，「緋彈的亞莉亞」系列中……存在著另一個故事，是跟著本篇的時間軸同時進行的。那就是「緋彈的亞莉亞AA」（Young GANGAN已推出2冊單行本）。

所謂的AA，是由四名武偵高中的女孩子們共同演出的一段故事。

表面上看似一部描述女高中生們嬉戲胡鬧的日常系作品……

但畢竟場景是在武偵高中。內容除了格鬥、劍擊、槍戰之外，當然也免不了「擁有某種能力」的女孩子們大放必殺技等等，是一部充滿亞莉亞要素的武裝日常系漫畫作品。

故事上跟本篇小說在時間上、空間上都有互相關聯，因此亞莉亞或金次這些人物也會登場——可以看到一些在小說中沒有描述過的角色背景故事喔。

在製作上，是こぶいち老師負責角色設計、不管戰鬥畫面或美少女都畫得很棒的橘書画子老師負責作畫、而故事內容則是由我負責的。

這部作品目前正在Young GANGAN雜誌上連載中，因此各位在等待小說新刊出版的時間中，也可以靠這邊來定期補充亞莉亞能量喔。哎呀～這件事對我來說也很開心啊！

——除了原作跟動畫版之外，緋彈的亞莉亞系列還有很多很多有趣的世界在擴展著。

還沒體驗過AA的讀者們，請務必靠AA拓展更新鮮的亞莉亞世界……

同時——如果將這本第10集稱作上集的話——也請各位期待下集，第11集的出版！

在這邊稍微做個預告——**在金次的身上**，終於，**要發生一件大事了喔！**

二〇一一年七月吉日　赤松中學

恭喜亞莉亞第10集出版！
亞莉亞終於也出到第10集了！
封面人物是白雪喔。
我是第一次畫她拿著M60的樣子，
實在是苦戰了一番呢。
如果我的努力可以讓畫面看起來很帥氣的話，
那就太好了。
本篇中也出現了新的角色，
真是讓人片刻都無法移開視線呢！
動畫方面，
當第10集出版的時候
應該已經播放完畢了。
可以看到亞莉亞他們充滿動感的畫面，
真的是非常有趣啊。

尖端出版輕小說／BL 小說徵稿中

尖端出版誠徵輕小說／BL 小說稿件。錯過了一年一度的浮文字新人獎嗎？現在也有常設性的徵稿活動囉！歡迎對寫作有熱情的朋友，一起來打造臺灣輕小說／BL 小說世界！

1 投稿內容：

★以中文撰寫，符合尖端出版定義之原創長篇「輕小說／BL 小說」。

★題材、形式不拘，但不得有過當之血腥、色情、暴力等情節描寫。

★稿件需為已完成之作品，字數應介於 80,000 字至 130,000 字間（含全形標點符號，以 Microsoft Word「字數統計功能」之統計字元數（不含空白）為準）。

★投稿時請註明：真實姓名、筆名、聯絡方式（手機、地址）、職業。

★投稿時請提供：個人簡歷（作者介紹）、人物介紹、故事大綱及作品全文，以上皆請提供 WORD 檔。

2 投稿資格： BL 小說投稿需年滿 18 歲；輕小說無投稿資格限制。

3 投稿信箱： spp-7novels@mail2.spp.com.tw

★標題請註明：【投稿輕小說／BL 小說】作品名稱 by 作者名

★審稿期約為二～三個月，若通過審稿，編輯部將以 EMAIL 回覆並洽談合作事宜；未通過審稿者恕不另行通知。

4. 注意事項：

★投稿者需擁有作品之完整版權。

★不得有重製、改作、抄襲、仿冒或其他侵害他人權益之情事。

★請勿一稿多投。

★若有任何疑問，請直接 EMAIL 至投稿信箱，勿來電洽詢。

緋彈的亞莉亞(10) 禁忌的雙極

（原名：緋弾のアリアX 禁忌の双極（アルカナム・デュオ））

作者／赤松中學　封面插畫／こぶいち　譯者／陳梵帆
發行人／黃鎮隆　協理／陳君平
總編輯／洪琇菁　國際版權／林孟璇
執行編輯／呂尚燁　美術編輯／李政儀
企劃宣傳／邱小祐
出版／城邦文化事業股份有限公司　尖端出版
台北市中山區民生東路二段一四一號十樓
電話：(〇二)二五〇〇七六〇〇　傳真：(〇二)二五〇〇二六八三
E-mail：7novels@mail2.spp.com.tw
發行／英屬蓋曼群島商家庭傳媒股份有限公司城邦分公司　尖端出版
台北市中山區民生東路二段一四一號十樓
電話：(〇二)二五〇〇－七六〇〇(代表號)
傳真：(〇二)二五〇〇－一九七九
北部經銷／祥友圖書有限公司
電話：(〇二)八五一二－三八五一
傳真：(〇二)八五一二－四二五五
中部經銷／高見文化行銷股份有限公司
電話：〇八〇〇－〇五五－三六五
傳真：(〇二)二六六八－六二二〇
雲嘉經銷／智豐圖書股份有限公司　嘉義公司
電話：(〇五)二三三－三八五二
傳真：(〇五)二三三－三八六三
南部經銷／智豐圖書股份有限公司　高雄公司
電話：(〇七)三七三－〇〇七九
傳真：(〇七)三七三－〇〇八七
一代匯集／香港九龍旺角塘尾道六十四號龍駒企業大廈十樓B&D室
電話：(八五二)二七八三－八一〇二
傳真：(八五二)二七八二－一五二九
馬新總經銷／城邦(馬新)出版集團　Cite(M)Sdn.Bhd.
E-mail：Cite@cite.com.my
大眾書局(新加坡)　POPULAR(Singapore)
E-mail：feedback@popularworld.com
大眾書局(馬來西亞)　POPULAR(Malaysia)
E-mail：popularmalaysia@popularworld.com
法律顧問／王子文律師　元禾法律事務所
台北市羅斯福路三段三十七號十五樓
二〇一二年六月一版一刷
二〇一六年七月一版六刷

HIDAN NO ARIA 10
© Chugaku Akamatsu 2011
First published in Japan in 2011 by KADOKAWA CORPORATION, Tokyo.
Complex Chinese translation rights arranged with
KADOKAWA CORPORATION, Tokyo.

■中文版■

郵購注意事項：
1. 填妥劃撥單資料：帳號：50003021戶名：英屬蓋曼群島商家庭傳媒(股)公司城邦分公司。2. 通信欄內註明訂購書名與冊數。3. 劃撥金額低於500元，請加附掛號郵資50元。如劃撥日起 10～14日，仍未收到書時，請洽劃撥組。劃撥專線TEL：(03)312-4212 ・ FAX：(03)322-4621。E-mail：marketing@spp.com.tw

國家圖書館出版品預行編目資料

緋彈的亞莉亞 / 赤松中學 著 ； 林信帆 譯.--1版.
--臺北市：尖端出版, 2009.10
面 ； 公分.--(浮文字)
譯自:緋弾のアリア
ISBN 978-957-10-4819-2(第10冊：平裝)

861.57 98014545